문학과지성 시인선 494

여수

서효인 시집

문학과지성사

문학과지성 시인선 494

여수

초판 1쇄 발행 2017년 2월 14일
초판 5쇄 발행 2023년 2월 13일

지 은 이 서효인
펴 낸 이 이광호
펴 낸 곳 ㈜**문학과지성사**

등록번호 제1993-000098호
주 소 04034 서울 마포구 잔다리로7길 18(서교동 377-20)
전 화 02)338-7224
팩 스 02)323-4180(편집) 02)338-7221(영업)
전자우편 moonji@moonji.com
홈페이지 www.moonji.com

ⓒ 서효인, 2017. Printed in Seoul, Korea

ISBN 978-89-320-2982-5 03810

지은이는 2015년 서울문화재단 예술창작지원금을 수혜했습니다.

이 도서의 국립중앙도서관 출판예정도서목록(CIP)은 서지정보유통지원시스템 홈페이지
(http://seoji.nl.go.kr)와 국가자료공동목록시스템(http://www.nl.go.kr/kolisnet)에서
이용하실 수 있습니다. (CIP제어번호: CIP2017002778)

문학과지성 시인선 494

여수

서효인

시인의 말

끝이라 생각한
거리에서

2017년 2월
서효인

여수

차례

시인의 말

애정하고
존경하는
아내에게

여수

사랑하는 여자가 있는 도시를
사랑하게 된 날이 있었다
다시는 못 올 것이라 생각하니
비가 오기 시작했고, 비를 머금은 공장에서
푸른 연기가 쉬지 않고
공중으로 흩어졌다
흰 빨래는 내어놓질 못했다
너의 얼굴을 생각 바깥으로
내보낼 수 없었다 그것은
나로 인해서 더러워지고 있었다

이 도시를 둘러싼 바다와 바다가 풍기는 살냄새
무서웠다 버스가 축축한 아스팔트를 감고 돌았다
버스의 진동에 따라 눈을 감고
거의 다 깨버린 잠을 붙잡았다
도착 이후에 끝을 말할 것이다
도시의 복판에 이르러 바다가 내보내는 냄새에
눈을 떴다 멀리 공장이 보이고

그 아래에 시커먼 빨래가 있고
끝이라 생각한 곳에서 다시 바다가 나타나고
길이 나타나고 여수였다

너의 얼굴이 완성되고 있었다
이 도시를 사랑할 수밖에 없음을 깨닫는다
네 얼굴을 닮아버린 해안은
세계를 통틀어 여기뿐이므로

표정이 울상인 너를 사랑하게 된 날이
있었다 무서운 사랑이
시작되었다

불광동

　젖은 박스를 검정 고무줄로 정리하는 노인의 자박
자박하는 소리가 있어 나는 휘발유처럼 조심스럽게
도로의 가장 낮은 곳으로 흘러간다. 거기에서,

곡성

어르신들이 삭힌 홍어를 집었다. 나무젓가락 사이에 접힌 검붉은 살점이 달의 표면처럼 거칠었다. 그들은 냄새가 심한 음식을 곧잘 삼켰다. 옆 마을엔 고인돌이 있다. 관광버스에서 우르르 내린 아이들이 원시인처럼 걸었다. 버스 뒤에서 오줌을 갈겼다. 벼가 살랑거렸다. 어르신은 혀를 찼다. 요즘 것들은 힘차기도 하지. 입안의 혀가 서해 먼바다 홍어처럼 날아다닌다. 어르신은 침을 흘린다. 마을은 기도원을 품에 두고, 옆 마을의 고인돌을 바라보았다. 아이들이 오줌을 누고, 홍어가 침을 흘린다. 사람들은 오래된 모든 것의 냄새를 애써 피하는 버릇이 있다. 아이들의 오줌에서 홍어 냄새가 난다. 어르신은 침을 흘리며 관광버스의 성기를 본다. 버스가 출렁거리며 춤을 춘다. 고인돌을 향해 돌진한다. 턱에 묻은 초장처럼 계곡에 떨어진 버스가 있다. 어르신은 달을 본다. 기도원에서는 기도를 하고, 계곡에서는 침냄새가 난다. 노인은 떨리는 나무젓가락을 입에 가져다대며 고개를 기울이고, 아아…… 계곡이 입을 벌린다. 벼가 살랑거린다. 혀의 백태가 달의 얼굴처럼 거칠다. 관광버스를 들어 올렸다. 칠레에서 수입된 홍어가 철퍼덕 쌓여 있다. 벼가 살랑거린다. 홍어가 좆을 들고 오줌을 눈다. 노인이 기도한다. 모두가 고인돌 밑에서 쉴 새 없이 몸을 부딪치며 씻어내는, 인간적 냄새.

이태원

내 음성은 거리에서 뭉개졌다. 외국인이 많은 번화가에서 당신은 나를 버려두고 떠났다. 나는 색이 다른 인간이 무섭다. 도사견보다, 삵보다, 증기기관차보다, 나를 부르는 낯선 목소리보다 더.

도처에서 누군가가 누군가를 부른다. 누구에게도 속하지 않기를 바라며 걸음의 볼륨을 높인다. 두 발로 딛을 수 있는 최대한의 보폭으로 다른 사람인 척해본다. 뒤꿈치를 들어 당신의 뒷모습을 찾는다.

동물이나 산업보다 무서운 인간의 직립, 걸어 떠난 당신은 지금 지구 바깥에 있을 것이다. 그렇지 않고서야 나의 공포는 설명되지 않는다. 나는 번화가의 가나 사람을 껴안는다. 최초의 인류는 아프리카에서 비롯되었다고 한다. 그때부터 우리는 최대한의 보폭으로 살아왔고 여기에 이르렀다.

나는 색이 다른 사람이 된다. 소리 내지 않고 보이

지 않는 자세로 여럿이 한꺼번에 고개를 돌린다. 나
는 그들이 싫다 나보다도 더.

이모를 찾아서

이모는 하나님을 만나러 가서 2년째 연락이 되지 않았다. 사촌 동생들은 털 깎인 양처럼 말라갔다. 정오마다 낯선 선교사들이 초인종을 누른다.

이모가 첫아이를 가졌을 때, 이모의 치마 속에 몰래 들어간 적이 있었다. 독실한 천주교 신자였던 이모가 어쩌다가.

이모는 돌아왔고, 선교사의 벨 소리는 끊이지 않는다. 아내는 배가 불러, 얇은 벽을 사이에 두고 앓는 소리 낸다. 없던 삶이 새로 시작되려니, 이모에게 묻고 싶은 것이 생겼다.

이모는 동생들이 초등학교에 입학해서야 돌아왔다. 눈빛이 다 산 소녀 같았다. 이모의 언니들이 욕을 뱉었다. 이모의 남편은 담배를 태웠다. 종말은 오지 않았다.

이모, 어디에 다녀왔어요?

배가 부른 아내는 잠이 들었고, 누구도 대답이 없다. 이모 치마 속에는 내 동생이 될 녀석이 얼굴을 비쭉 내밀고 빤히 나를 쳐다보고 있었다. 초인종 소리 들린다.

어디론가 가고 싶은 날도 있다. 양 떼 치는 날랜 개처럼 누가 나를 정해진 곳으로 몰아주었으면. 이모는 식당을 차렸고 근성 있게 잘 살고 있다고 한다.

강릉

강릉에 도착하니 밤이었다. 우리가 게으르기 때문이었지. 게으름을 사랑하자고 오징어들이 말한다. 겨울이었고, 따뜻한 방을 잡아 정자세로 누워 따뜻하지 않은 곳을 향해 입김을 밀어내었다. 서로의 입에서 뛰쳐나온 오징어가 몸을 섞었다. 웃지 않을 수 없었다. 끝이 없는 파도가 유리 바깥에서 몹시 울었다. 통유리의 안쪽, 붙잡힌 생선처럼 달라붙은 찬 서리들, 그것은 눈물도 별도 아냐. 그건 온도 자체다. 초장에 적신 오징어를 입에 가져간다. 입가에 빨간 것이 묻어 웃지 않을 수가 없었다. 여행이었지. 어디든 끝이 보이는 곳에 가닿고 싶었는데, 서쪽에서 동쪽으로 가는 일은 생각만큼 쉽지 않고 성질머리가 차가운 이곳의 산맥은 품고 있던 눈을 오래 참은 울음처럼 쏟아냈다. 높게 올라간다. 다시 내려온다. 내리막길이 이어진다. 멈춘다. 이것은 우리의 의지인가. 아냐 그건, 강릉이 보내는 안부였을 뿐. 파도가 거품을 내고 거품을 업은 파도가 다시 거품을 덮는다. 끝 속의 끝에서 다른 끝이 나타난다. 기와에 써

내려간 적절한 소망들처럼 우리는 영원히 이루어져 갈 것이다. 강릉에서 빌었던 소원은 사실 모두 실패다. 울기 위해 시를 쓰는 것이 아니다. 우리는 몸 잘린 오징어처럼 손가락을 펴고, 강릉의 파도를 천천히 받아 적기 시작한다.

부평

처음 가본 도시에서는 두리번거리게 된다. 높게 쌓아 올린 어떤 냄새가 정수리를 잡아당긴다. 그곳은 버스의 도시였다. 다친 무릎에 빨간약을 바르듯 버스는 도로를 물들였다. 해가 강을 넘어 바다에 닿을 때 사람들은 투명한 무릎을 벤 채 눈을 감았고 곧 떠야 했다. 부평이었다. 고개를 들면 점점 커지는 욕망들이 걷잡을 수 없는 몸짓을 하고 정수리에 침을 뱉었다. 서쪽으로 아니 동쪽으로 그 가운데에서 우리는 빨갛게 물들어간다. 정수리가 사나운 시절을 지나 빨간 속살을 드러낼 때까지 우리는 두리번거린다. 모든 도시는 초행이다. 냄새가 난다. 넘어지는 사람들이 버스 손잡이를 잡고 침을 삼킨다. 소독약이 도로를 빨갛게, 무릎 그리고 닫은 눈꺼풀 사이로.

남해

  바다가 보이는 둔덕에 방을 얻었다고 했다. 선배의 목소리. 오랜 시간 남쪽으로 향하다, 처음 차창에 떠오른 소금기를 대하는 표정. 바다다! 하지만 그가 뱉는 음성은 거의 사랑이라는 반도에 덧붙어 있는 방파제 같았다. 곳곳에 등이 딱딱한 생물이 배를 드러내고 있었다. 흔들리지 않아야 한다. 스스로를 다독이는 눈빛. 섬이 많은 해안에는 파랗고 얇은 그물이 몸을 드러내고 슬며시 웃지. 꼭 그렇게 웃는 여자가 있었다지. 네 고향이 어디라 그랬지. 그래 바로 거기에서. 짧게 웃고는 딴청을 부렸지. 햇살이 강한 남쪽 도시. 마른 해초 같은 여자. 남해로 시작해서 다른 도시로 이야기는 밀려가고 밀려왔다. 낡은 어선이 뒷걸음친다. 양념 없는 게찜 냄새가 난다. 게가 뿜는 연기 속에서, 남해가 울고 있다. 그것을 파도라 할 수 있을까. 바다가 보이는 둔덕, 스물이었을 사내의 게 같은 시간을 누군가 꾹 깨문다. 짧게 울고 딴청을 부리는 그가, 둔덕의 셋방에 잠긴다. 아주 작은 구멍을 향해 짧게 옆걸음을 치고 부리는 딴청, 바다다.

양화진

   길을 걸었다. 길의 양쪽에는 크고 작은 술집들이 취객들을 뱉어내었다. 그들의 다리가 비칠거렸다. 얕은 어둠을 더듬거렸다. 금요일이었다. 취한 사내의 얼굴이, 얼굴 속에 미소가, 미소 속에 금요일이 자꾸만 더욱 선명해졌다. 그는 홍대나 반포, 마포나 영등포에서부터 걸어 가장 가까운 한강 다리로 갈 것이다. 길은 어디로든 뻗어 있다. 길 위엔 누구든 취해 있다. 그의 얼굴이 맑게 웃는다. 섧게 운다. 나는 눈 코 입을 움직여 사내를 따라한다. 슬픈 것 같다. 웃긴 것 같다. 사내가 한쪽 다리를 올린다. 다리는 짧고, 대체로 유연하지 못하고, 높은 곳에 오르는 일은 정말이지 어렵다. 길을 걸었다. 길의 중간에는 미친 사람들이, 길의 끝에는 미치지 못한 사람들이 커피와 생수를, 피로회복제와 강장 음료를, 술과 강물을 마신다. 서로를 따라 하면서, 서로의 다리를 밟으면서, 종종걸음으로 다리를 건넌다. 사내와 눈이 마주쳤다. 반듯한 건물이 내뿜는 빛에 그림자가 겹쳤다. 짧은 다리. 어두워질수록 더욱 선명한 도시가 묻는다. 뭘 봐. 다리의 한가운데서 사내는 나에게 어깨동무를 하고 나는 사내의 그림자를 밟는다. 십자가 모양의 그림자를 밟자, 다리가 풀린다. 뭐라도 붙잡으려 하지만,

강화

바다 곁에는 짙은 안개가 밀린 잠처럼 퍼져 있었다. 나는 핸들을 꽉 쥐고 큰 소리로 노래를 불렀다. 중앙분리대가 가까워지다 다시 멀어졌다. 놀라고 안심했다. 셋 셀 정도의 시간이면 가능한 꿈. 생전 처음 간 섬에서 회처럼 벌거벗는다든가. 거기서 기마병을 보고 놀란다든가. 장대에 내 머리통이 꽂혀 있다든가. 몇 대의 차가 유령처럼 옆을 스쳐 지나갔다. 나는 노래를 부른다. 노래를 멈춘다. 고개를 끄덕이는 일은 달콤했다. 셋을 세고 넷까지 더 나아가 다음의 숫자를 차례대로 세고 싶은 욕구가 전조등처럼 끈질기게 따라왔다. 우리의 사면은 좁고, 바다를 넘지 않고 갈 수 있는 이국은 없다. 국경선에 닿지 못한 티켓이 손안에서 젖는다. 잠시 차를 세운다. 나는 머리를 조아리고 피가 솟을 때까지 바위에 이마를 찧으며, 성실하겠다고 다짐한다. 노력하겠다고 맹세한다. 명석하겠다고 약속한다. 바다에서 최대한 멀리 떨어져야 했다. 섬을 한 바퀴 더 돌기로 결정한다. 안개가 손을 뻗는다. 머리끄덩이를 잡고 놓아주

지 않는다. 더 살기 위해서 우리는, 해야 할 반성이
아주 많이 남은 것이다. 죽기 직전의 상태로 오래 살
것 같다는 예감, 안개 속에서 불쑥 그리고 금세

자유로

　나는 앉는 일에 대해 오래 생각했다. 그는 대통령의 목을 따버리기 위해 빠른 속도로 능선을 타고 넘었다. 생각보다는 결과가 중요하다. 누군가 어젯밤의 뒤숭숭한 결과를 빈자리에 토해놓았다. 누군가 그를 목격했지만, 그는 겨울 짐승처럼 보였다. 나는 비칠거리는 몸뚱이를 손잡이 하나에 기댄 채, 토사물을 오래 노려보아야 했다. 그는 남쪽과 서쪽의 중간 즈음, 목표지를 정확하게 가늠했다. 예측보다는 결과가 중요하다. 버스 기사가 라디오 볼륨을 높인다. 뉴스는 중요한 소식을 아무도 모른다는 듯이 호들갑이다. 그는 주파수를 맞춰 동료들의 죽음을 확인한다. 오른편에는 얼어버린 한강이, 왼편에는 지저분한 도로가 누워 있다. 나는 부러웠다. 왼쪽 가슴팍엔 붉은 심장이, 오른손에는 날카로운 단도가 날을 세웠다. 그는 무서웠다. 결과는 중력처럼 정해져 있는 것이다. 서울로 진입하는 모든 도로가 정체라고 라디오는 전한다. 야전 지도는 서울의 서쪽 어딘가로 그를 이끈다. 우린 늦었고 그는 목사가 되었다.

자유로는 광명과 자유를 주고, 자유로는 출근과 퇴근을 주며⋯⋯

코트 자락으로 창에 붙은 서리를 닦는다. 상스럽게 토악질을 하고 있는 그가 보인다. 신물이 올라온다. 결과물이 토사물을 뱉어낸다.

목포

박물관에는 총을 겨누는 일본인과
총을 바라보는 조선인이 있었다.
일본인에게는 이제 손가락을 편 갓난아이가 있었고
한국인에게는 몸이 우그러진 노모가 있었다
총과 눈 사이를 채우던 바람
횟집 주차장으로 바뀌어버린 옛 건물의 그림자
위협적인 사투리
메워버린 갯벌

　정원은 일본식이었다
　통로가 좁은 도서관처럼 잎사귀는 정갈하게 자리
를 지켰다
　후박나무가 나타났고, 아름드리 그늘에서
　갓난아이와 촌로가 서로에게 말을 건넨다
　서로의 입에서 나던 지난 끼니의 냄새
　유달산 아래 서툰 등산객처럼 엎드려 있는 작은
살림들
　비린 젖과 정미소

버려진 방직 공장과 죽 한 그릇

일본인과 한국인은 죽어 지금 없다
목포역에 내리면 어떤 냄새가 달려든다
할머니는 어린 내 손을 잡고 역전에 나가 무화과
를 샀었다
나는 아무 곳에서나 오줌을 누었다
오줌을 흩뿌리던 마파지의 바람
외지인이 없던 장례식장의 벽
바다가 몰고 온 바람에서는 잔뜩 웅크린 냄새가
있다
그것들이 몸을 편다
목포에 온 것이다

촌로가
아이를 안고
천천히 일어선다

인천

조국에서는 아무런 연락이 없다. 터키어와 영어, 스페인어가 생선 내장처럼 뒤섞여 공기 중에 버려진다. 얼음 떨어지는 소리에 깜빡 놀란다. 그때 낙하산을 타고 갯가에 떨어지다 총알에 맞아 내장을 쏟아내는 젊은이들을 똑똑히 보았다. 파란 등 위에 반듯한 머리가 얹혀 있었다. 연안은 지금 사람과 눈이 닮은 생선들이 쌓여 있다. 조국에서는 아무런 연락이 없다. 작전의 일부일 것이다. 그들은 나를 버린 것이다. 청어 떼 옆에 모로 누워본다. 나는 얼어 죽는 게 아니다, 다만 졸릴 뿐이다. 공기 중에 떠 있는 몇 개 모국어가 언 귀 곁으로 상륙한다. 연합군인가. 나는 너희를 죽이러 왔어. 하지만 임무는 폐기되었지. 장군은 어딜 보고 있는가. 망원경의 방향을 좇는다. 황해는 쓰레기가 모이는 더러운 호수 같다. 광둥어와 일본어, 한국어는 사실 구분이 되질 않는다. 모두 시끄럽다. 조국이 나를 버리기 전에 내가 조국을 폐기한다. 냉동 창고의 한기가 미제 반동처럼 악랄하고 공산당처럼 시끄럽게 살갗을 파고든다. 생선 머리를 입에 문다. 죽은 자들에게서 무선이 온다. 조국이 보인다. 거기와 여기가 어딘지 모르겠다. 죽음의 이유를 완전히 상실했고, 뭍의 생선처럼 무너진 자세가 된다. 편하구나, 조국은.

진도

섬에 진입하자마자 취했다. 홍주라고 했던가. 좁은 식도로 붉은 액체가 거칠게 파고들었다. 늙은 여인의 친정에 대하여 깊게 생각한 적은 없었다. 모든 늙음은 냄새를 쌓아간다. 시간이 만든 악한 체취를 섬은 술로 씻어내고 있었다. 할머니의 큰오빠였던 사내가 버려진 어선처럼 손을 내민다. 그가 건네는 붉은 술. 당장에 코를 막고 냄새가 스며든 모든 기관을 토해버리고 싶다. 육지와 섬의 좁은 틈바구니에서 파도는 오소리처럼 고함을 질렀다. 비슷한 소리를 내본다. 할머니의 큰오빠는 물론 죽었고, 늙은 여인이 오빠라는 단어를 뱉어내는 장면을 나는 상상도 하지 않았고, 노래하는 목소리도 환희하는 얼굴도 심지어 슬퍼하는 표정도 나는 모른다. 노인의 아들은 술 찌꺼기로 허기를 채우며 비틀비틀 자랐다. 소주잔만큼 작았던 그는 제주에서 기수(騎手)로 일했다. 마상에서 돈을 벌었고 잠실 어디쯤에 아파트를 얻었고 두 아이의 아버지가 되어 다른 섬으로 다그닥다그닥 갔다. 그는 술을 멀리하지만 그에게서는 불그스름한 냄새가 난다. 그는 아직도 섬의 둘레를 빙글빙글 돌면서 먹을 것을 찾는다. 우리는 속이 빈 조개껍데기가 되었다. 안에 것이 모두 바스락거리며 사라졌다. 할머니의 오빠가 할머니를 품에 안는다. 내 아들이다. 늙은 여인이 오빠, 네 오빠, 그래요 오빠, 라고 발음하는 순간. 나는 붉은 술을 들이킨다. 악취를 몸에 바른다. 오래된 친정에서, 할머니와.

평택

　아버지는 약속 장소에서 조금 비켜서서 구부러진 자세로 담배를 피우고 있었다. 연기가 그의 뒤에 있던 주유소로 흘러갔고, 나는 그런 것이 불만이었다. 비겁한 방식의 사랑.

　그의 친척 동생은 한때 사노맹의 일원이었다. 아무도 묻지 않았지만 전향했다. 그들은 고향의 선산을 두고 다투었고, 아버지는 명절이면 동그란 가래를 뱉었다.

　사내는 공업 도시로 다시 돌아오지 않았다. 아버지는 빈 공장에서 경비 일을 한다. 덜 익은 컵라면처럼 교대 근무를 선다. 사내는 입시 학원에 취직해 공업 도시에 가지 않는 법을 가르친다.

　약속 장소 곁에는 주차할 곳이 마땅치 않다. 사내의 이름을 빈 종이에 적어 내는 일을 그의 친구는 끝내 거부했다고 한다. 친구는 공업 도시 근처에 폐유처럼 버려져 어떤 이의 아버지가 되었다.

사내는 후진을 하며 사이드미러에 비친 친척 형을
발견한다. 그들은 결사 단체의 점조직이다. 안면이
없는 소비자다. 아버지는 담배를 산다. 사내는 독일
차를 몬다.

친척이 기름을 흘린다. 공업 도시가 불의 옷을 골
라 입는다. 거울을 본다. 모두 한 발 뒤로 물러서며
공장의 어깨를 구경한다. 그저, 약속 장소가 불타 사
라지는 게 반가워 손을 들어 흔들고,

송정리역

  역은 1913년 營業開始를 했고, 1988년 新築工事를 벌였다. 마주 오는 기차처럼 싸움이 시작되었다. 나주에서 광주로 통학하는 녀석들에게 새로 놓인 기차는 쓸모가 좋았다. 그녀는 함바집을 했고, 근본을 알 수 없는 인부들이 원산지가 없는 반찬을 집어 먹었다. 식민지 같은 표정의 일본 소년은 한 여학생의 뒷덜미를 사랑하게 되었다. 덜컹거리는 박자에 맞춰 오른손을 들어 잘 땋은 그녀의 머리칼을 잡아당겨보았다. 곧이어 조선과 내지의 어린 녀석들이 엉겼다. 선거가 끝나고, 인부들은 더 독한 술을 마셨다. 날쌘 정신이 서로의 멱살을 잡고 놓아주지 않았다. 빠가, 개자식, 어머니는 방석집으로 비틀비틀 걸어가는 사내들의 뒷모습을 무심히 보았다. 자고 일어나면 사창가를 가리고 섰던 일본식 건물이 하나씩 부서져 없어졌다. 고향이 다른 남자와 여자가 섞은 술처럼 아득한 맛이 되어갔다. 조선과 일본 아이들이 눈두덩과 콧잔등에 피를 흘리며 기차에서 뛰어내렸다. 나는 기차가 지나갈 때마다 흔들리는 방바닥에 말을 걸었다. 개자식아, 빠가야, 그때마다 어머니는 거기에 없었다. 역 앞 신작로에서 심약한 일본 청년 하나가 손끝을 빨며 울고 있다 하였다. 뒷모습을 사랑하는 일은 위험하다. 싸움은 시작되었다. 끝난 적이 없다. 기차가 온다. 일본 녀석이 그녀를 만진다, 함바집 인부들이 녀석을 조진다. 뒤를 가득 채운 기차가 도착하고, 바로 떠날 채비를 한다. 어머니와 녀석이 짐을 올린다. 역의 뒷모습을 보는 일은 위험하다. 여기에서 당장 뛰어내려야,

1990년 1월 1일

  친척 집 중 가장 큰 평수의 아파트에 아이들은 모여들어, 어른들의 얼굴이 점점 빨개지는 것을 관찰했다. 금발에 파란 눈의 예수님이 두 팔을 벌리고 현관에 서 있었다. 시작은 미약했다. 대낮부터 아이들은 똑같은 비디오테이프를 몇 번이고 돌려봤다. 뒤로 감기는 소리를 듣기 위해 영화를 보았다. 어린 순서로 잠이 들었고, 늦은 순서로 농담했다. 연예인이 복을 기원했다. 그와 그의 처와 처의 언니 동생들과 언니 동생의 남편 되는 사람들이 술을 마신다. 텔레비전의 세계가 12시를 알려주었다. 머리 큰 아이부터 잠에서 깨기 시작했다. 그들은 멱살을 잡고, 그들은 울었으며, 그들은 화를 냈고, 그들은 죽었다. 비디오테이프를 꺼내 동그란 두 눈에 손가락을 집어넣어 휘휘, 뒤로 돌린다. 연기대상이 발표되고, 눈물의 소감을 말하고, 내일 아침으로 간다. 태양이 아파트를 중심으로 뒤로 감기고 있었다.

친구를 찾아서

언제고 네가 불퉁한 배를 세상에 내밀고 오줌을 획획 갈기는 모습을 봤다. 대로변이었고, 늦은 밤이었고, 네온사인은 미친놈처럼 밝았어. 미치지 않은 건 너뿐이었지. 네가 보험을 팔 거라고는 생각하지 못했다. 너는 뒤가 없는 황소처럼 씩씩거리며 살았으니. 그 후로 우리는 연락을 하지 않았다. 나는 너의 화와 연락하고 싶지 않았어. 그곳에 닿고 싶지 않았어. 잘 아는 고향 친구가 보험을 들라 권한다. 점심은 먹었을까. 갑자기 설렁탕이 먹고 싶었다. 너는 땅콩버터 같은 표정을 지어 보인다. 소똥이 거리 이곳저곳에 나앉아 있다. 이런 일로 연락하지 않았으면 좋겠어. 벌거벗은 너에게 나는 말했다. 우리의 배는 세상에 두들겨 맞아 푸르다. 대로변이고, 늦은 밤이고, 미친놈이다. 당면처럼 너는 강남대로를 빠져나가고, 미끄러운 바람이 분다. 점심은 먹었을까. 물어보지 않는다. 내 안의 오물이 세상으로 쳐들어 간다. 주위를 살핀다. 소똥들이 한가득, 연기를 뿜어내고 있다.

서울

여자는 구로의 미싱사가 되었다.
여자의 친구는 영등포에서 몸을 팔았다.
여자의 남편이 될 사람은 다리를 절었다.
그의 어머니는 고구마를 삶아 담아주었다.
그는 딱딱한 고구마 같은 여자와 연애했다.
여자의 어머니는 청계천에서 국수를 팔았다.
여자의 남자는 잘 익은 국수처럼 사라졌다.
딸은 미싱사가 되었다.
그는 성수대교와 청담대교를 만들었다.
여자의 손가락은 난지도에 버려졌다.
그는 다리를 절었다.
그들은 단 한 번 함께 술을 마셨다.
여자는 잔을 돌리듯 이사를 다녔다.
그는 아이 둘을 낳고 정관 수술을 했다.
여자의 친구는 다리가 없는 섬으로 떠났다.
그의 다리가 정상으로 돌아왔다.
여자는 미싱질을 그만두었다.
여자의 어머니가 죽었다.

여자가 집을 사고 집을 팔았다.

아이는 압구정동의 가방이 되었다.

아이는 가로수길의 자동차가 되었다.

그의 어머니는 고구마를 택배로 보낸다.

여자도 아이도 친구도 고구마를 먹지 않는다.

여자는 국수를 먹지 않는다.

여자는 한강이 보이는 아파트를 사랑한다.

그는 유기농 생고구마를 씹으며 창가에 서 있다.

아이는 창 아래 공원에서 조깅을 한다.

여자는 공원을 가로지르는 청담대교 위에 있다.

여자는 친구의 입을 미싱으로 막아버린 적이 있다.

그들이 사는 도시는 다리를 절었다.

다리가 없는 섬에서 편지가 온다.

그들은 문맹이다.

편지가 버려진다.

서울을 벗어나면

이 일이 알려지면

큰일이 벌어진다는 듯

구로

이모는 대우어패럴에 다녔다고 했다. 어느 날은 새우잠을 자던 기숙사 방 윗목에서 거의 알몸으로 두들겨 맞는 꿈을 꾸었다. 나는 가리봉동의 굽은 길을 따라 옷을 사러 간다. 누군가가 이리저리 헤집어 놓은 옷들이 아픈 사람처럼 가판에 누워 있다. 옷들이 누워서 맞는 이모를 얼싸안고 있다. 봉제가 엉망이었을까, 옷은 쉽게 찢어졌다. 이모는 똥물을 뒤집어쓰기도 했다고 한다. 에이, 설마 그랬을까. 가리봉동에서 옷을 고른다. 성질 급한 날씨처럼 바쁜 걸음으로 밀려 나온 조선족이 신호등 앞에 섰다. 비가 올 것 같아 하늘을 보면, 매처럼 쏟아지던 것들. 옷들, 인형들, 역군들. 신호등 뒤 아파트에서 이모는 분식을 먹다가 입을 가리고 웃다가 심각하게 책을 읽다가, 신호가 바뀌면 나는 다른 옷을 고르러 간다. 조선족과 어깨를 부딪치지 않으려 조심하며 뭍에 나온 새우처럼 흔들리는 쇼핑백을 단속하며. 이모는 배가 금방 꺼지고 졸음이 바삐 오고 옷을 좋아했던 사람. 사계절마다 새 옷을 사고 싶은 마음이 돌아온다.

자양강장제를 먹으면 배가 부르고 잠이 깨고 미싱기가 돌아간다. 에이, 거짓말도 참. 두들겨 맞는 꿈을 꾸다 놀라 깨어나면 가발 공장에 가야 할 시간이었다. 다음 날 밤이면 머리칼이 모두 뽑히는 꿈을 꾸게 될까. 기억나는 꿈? 글쎄, 예쁜 옷을 만들어 입는 것이었을까. 나는 가리봉동에서 세일하는 옷을 잔뜩 사는 것으로 겨울을 준비한다. 이모는 대우어패럴에서 잘리고도 구로를 떠나지 못했다고 한다. 잠깐 졸고 옷을 꿰고 가발을 붙인다. 조선족들이 한국말과 북경어가 뒤섞인 대화를 하며 가까워지다 멀어진다. 가리봉동 횡단보도 한가운데서 옷가지를 떨어뜨렸다. 이모의 찢어진 옷이었다. 두 시간 자고 일어나 다시 미싱기를 잡았지. 손가락에 인이 박여서 아픈 줄도 몰랐어. 에이, 설마 진짜 그럴까. 이모는 멀지 않은 곳에서 깔끔하고 정련된 솜씨로 봉제를 한다. 분식집들은 없어지고 감자탕집에서 구린내 나는 등뼈의 남은 살점을 뜯는다. 이모의 친구일까. 이모의 사장일까. 이모의 이모일까. 신호가 바뀌고 성난

차가 지나가고 나는 도로에 갇혀 옷을 사기 위해 전
력했던 나의 노동을 생각한다. 어쩐지 꿈에서 본 장
면 같지만, 나는 알몸이고, 이곳은 구로다.

북항

곡물이 반출되는 창고였다. 우리는 보급창을 지키는 병사가 되어 항구의 끝 방파제에 모였다. 누구 하나 도망하지 못하도록 서로의 몸을 밧줄로 묶어 몽깃돌에 고정했다. 관리사무소에서 방송한다. 거대한 파도가 몰려온다는 소식이오. 얼마나 거대하냐면, 거대함의 끝을 누구도 본 적이 없다고 하오. 거대함을 증명할 수는 없지만, 거대하다고 하니 우리는 두려워하기로 결정했다. 빨갱이들. 빨갱이를 두려워하는 빨갱이들. 항구 도시의 모든 이가 우리에 속하려 줄을 서고, 번호표를 뽑았다. 여자와 어린아이에게 먼저 밧줄을 내밀었다. 이제껏 우리 등에 올랐던 곡물이 쏟아졌다. 이곳은 분명히 남쪽인데, 항구의 이름은 왜 북항일까? 보급창을 지키지 못한 이들이 더러운 바닷물 속으로 쓸쓸히 퇴각한다. 관리사무소에서 방송한다. 수고하셨소. 두려움의 일당은 사소하오. 얼마나 사소하냐면, 소음 속으로 방송은 숨어들고. 우리는 보급창 철문에 발목이 묶인 채 모가지를 가늘게 빼고. 바다가 주는 두려움을 반복해서 견디고 있을 뿐이다.

나주

고모의 남편은 고모의 아이들이 중학생이 될 무렵 육교에 매달려서 노래를 불렀다. 기차를 놓친 노인 처럼 발을 동동 구르며 떨어졌다. 치약 공장에 다니는 아줌마 중에 고모는 키가 작은 축에 속했고, 팔자 또한 땅꼬마 같아서 기를 쓰고 일어나도 중간 이상은 아니었다. 치약 공장 옆에는 국회위원의 본가가 있는데, 허황된 자세의 기와집이었다. 우리는 쭈뼛 거리며 처마 밑을 지나갔다. 고모부는 덜 말린 생선 처럼 술냄새를 풍기며 우리를 불렀다. 사자(死者)의 채무가 전통처럼 끈질겼다. 고모는 우뚝 솟은 기와 집을 마주 본 슬레이트 아래에 살았다. 산짐승이 씹 다 버린 것 같은 집에서 고모는 하나의 기둥이 되어 갔다. 고모, 기둥이 되기에는 고모의 키는 너무 작지 않나요. 고모부의 노랫소리가 들리고, 밝은 때 아닌 번개. 다 쓴 치약이 마지막 각혈을 밀어낸다. 기둥이 웃는다. 국회의원은 무소속으로 출마하여 5선에 성 공하였고 그자가 초선일 때부터 지금까지 한 여인은 긴 처마 아래에서,

안양

1호선이랑 4호선은 공기가 완전 달라요. 게임이 안 된다니까요. 아이는 참새처럼 말했다. 직전 역에서 선로에 뛰어든 중년 때문에 우리는 비둘기처럼 고개를 까딱거린다. 구구구 운다. 깨끗한 창에 머리를 박고 죽는 뚱뚱한 새들, 우리는 역에서 역으로 몰려다니며 찌꺼기를 찾는다. 아이는 깃털처럼 꽉 달라붙는 교복을 입고서도 조심성이 없다. 날지 않고 빠르게 땅바닥에 고개를 붙인다. 선생님 어디까지 가세요. 새가 물었을 때, 환승역에서 돌아올 참이야. 대답했다. 직전 역에서 죽은 사람이 간격 먼 전철 출입구를 조심스레 건너온다. 새 같은 아이가 가볍게 전철에 올라탄다. 나는 처음으로 아이에게 뭔가를 가르치려는 듯, 조심스레 공기를 살피다가, 구구, 구구구

남자를 찾아서

　그때 나는 짝사랑하던 너와 충장로를 나란히 걸었
다. 우리의 교복은 잘 어울렸지만 너는 성당 형을 사
귀고 있다고 했다. 나도 그쯤은 알고 있었으나 내가
궁금한 것은 그 이상의 것이었다. 그 형은 이제 막 군
대에 갔어. 너는 편지지를 고르지만 꼭 쓰지 않아도
돼. 아무것도 묻지 않아도 돼. 아무것도 묻히지 말아
야 해. 거기는 사람 죽이는 법을 배우는 곳이다. 사람
이 사람을 죽이는 것을 우리는 당연하게 여기고, 죽
을 사람은 사람이 아닌 것만 같고, 방금도 사람이 사
람을 죽이는 영화를 보고 나와서는, 와 진짜 죽인다,
그래 죽이지 않니. 되지도 않은 말을 지껄이며 나란
히 걷고 있으니까. 이 길을 다섯 바퀴 돌면 성당 동기
며 학교 친구를 두어 번 마주치게 된다. 백화점은 폐
업했고, 낙후된 상가에는 화재가 자주 일었다. 너는
그때마다 괜히 팔짱을 끼고는 했는데 그게 성당 형에
게 보내는 편지 같은 게 아니었을까 지레짐작하며 이
걸음이 끝나지 않기를 바라는 편지를 속으로 쓰고 있
었다. 아니다. 나는 차라리 편지를 찢고 싶었다. 아무
것도 묻지 못하게 무엇도 남기지 않고 태워버리고 싶

었다. 화재가 크게 난 곳은 방석집이 줄지어 선 골목
이었다. 그들은 순한 뱀처럼 꿈틀꿈틀 죽었다. 너 그
거 아냐? 군대에 가기 전에는 꼭 여길 온다더라. 혀
로 별짓을 다 한다더라. 너 그거 모르냐? 여자들의
혀는 갈라지지도 않았다더라. 그 형의 혀는 어땠을지
모르겠다만. 너는 아냐? 네 혀는 어떤지 모르겠다만,
좋은 냄새가 났다던데, 그 형이 그리 말하던데, 이야
기가 끝이 없던데, 너는 그 끝을 아냐? 모르냐? 화재
의 원인은 방화였다. 짝사랑하던 너는 이제 사람이
아닌 것 같고, 우리의 교복은 잘 어울렸고, 우리는 나
란히 걸을 수도 있었겠지만 백화점은 부도났고, 나
는 편지를 쓰지 않았다. 일찍 문을 연 방석집의 쇼윈
도에 너와 내가 비친다. 그때 내가 짝사랑하던 너는
사랑하던 길 위에 누워 나란히 죽어갔었는데, 그 형
과 나는 구시가지에서 운 좋게 비켜나서는 편지를 찢
고 태우며 울며 기억을 점유한다. 이윽고 나는 교복
을 벗고 드디어 형이 되었다! 우리의 변태를 방석집
의 유리창이 가만히 쳐다보았다. 유리창에 혀를 대본
다. 짝사랑하던 네가 혹시…… 입대가 코앞이었다.

안성

공원묘지에는 벚꽃이 숨을 고르고 있었다. 십자가는 어디서든 을씨년스러울 뿐이다. 조카는 손을 모으고 기도한다. 벚꽃 흐드러진 능선 아래 골프장이 들어섰다. 나는 손을 그러모아 그립을 쥔다. 형과 누이는 예수놀이를 하다가 동네에서 쫓겨났다. 해가 밝기 전에 굶거나 얼어 죽었을 것이다. 십자가가 골프장을 내려다본다. 손톱에 할퀸 뺨처럼 산은 얼굴을 붉힌다. 늦은 봄비에 벚꽃은 젖어 떨어졌다. 조카의 목처럼. 벙커에 떨어지는 공. 옛 서낭당 자리에서 몰래 예배를 드리던 조카는 죽는 순간에도 두 손을 꼭 모아 쥐고 있었다. 누구를 쳐다보고 있었던가. 큰고모? 삼촌? 우리는 묘 앞에 서서 더운 소주를 마신다. 불콰한 하늘. 세상은 원래부터 숨을 곳이 없게끔 만들어졌고, 우리는 설계자를 궁금해할 권리가 없다. 골프장의 곡선은 미끈하다. 우리는 들쥐처럼 쫓겼다. 정돈된 잔디 위의 흰 공. 조카는 숨을 곳이 없었다. 단단한 골프공이 숨 쉴 틈도 없이 허공에 금을 긋는다. 공원묘지에 누워버린 제각각의 마음들이 짧은 기도문을 남긴다.

어떤 믿음에 이끌려
평생을 배반당해 살다가
떠남

덕담을 찾아서

방이 관처럼 생겨서 맘에 드는군요. 당신이 말했다. 누울 자리를 보고 발을 뻗으라고 했어요. 그녀가 말했다. 바람이 차요. 문을 닫아요. 당신에게는 물에서 죽은 조상이 배낭처럼 들러붙어 있어요. 그녀가 말했다. 당신이 코끼리 사육사처럼 말한다. 그럼 이제 사우나는 영영 못 가는 건가요. 나는 사주를 보는 사람이지, 관광객이 아녜요. 당신이 어깨를 으쓱했다. 어쨌든 물에 가까이 가지 마세요. 액운이 있으니. 당신은 샤워를 생각했다. 샤워를 하며 자위를 했고, 개수대에서 코끼리 떼가 뭉그적댔다. 집안에 아픈 사람이 있을 거예요. 부적이 필요해 보여요. 그녀가 노란 종이에 코끼리를 그리고 그 위에 거북이를 그리고 그 위에 방을 그렸다. 장수의 상징이지 않겠어요. 당신이 말했다. 오래 살 생각은 없어요. 그녀의 우두커니 멈춘 팔에서 빨간 잉크가 떨어진다. 당신이 말을 이어간다. 태어나지 않았으면 했어요. 둥그렇게 퍼지는 피가 뭉글뭉글 새해 인사를 건넨다. 여기는 관처럼 생겨서 맘에 들어요. 당신이 올해는 붙을 거라 말했잖아요. 그녀의 하복부에 코끼리 코가 들어온다. 물을 뿜는다. 희망은 장수의 비결이지요. 당신과 그녀의 목소리가 장례식처럼 뒤섞여 없어진다. 음복은 이것으로 대신하시지요. 관처럼 생긴 방에서 영험한 냄새가 몸을 부풀린다. 물이 차오른다. 거북이처럼 단단한 재촉에 그들은, 누울 자리를 찾는다.

신촌

휴가를 나와 모텔에서 하룻밤 잤다. 둥그런 침대와 커다란 거울이 있었다. 최루탄과 화염병이 있었다. 할 일도 하지 않을 일도 없었다. 하고 싶은 일도 하기 싫은 일도 없었다. 각티슈 통을 보고 아무 번호를 눌렀더니 어떤 누나가 커피를 들고 찾아왔다. 서로 부끄러웠다. 부끄러움에 모로 누워 텔레비전만 보았다. 텔레비전에는 불순분자들이 분한 얼굴로 눈물을 훔치고 있었다. 출생의 비밀을 알아낸 주인공처럼 극적인 장면들이 평범하게 이어지고, 누나는 신촌에서 연세대로 기어 들어갔다고 한다. 매캐한 연기 속에서 누군가 가슴을 만지고 낄낄 웃었는데 말이야, 매워서 너무 매워서 단 커피가 생각났지. 우리는 호로록 커피를 불어 마셨다. 식은 커피를 왜 불었던 것일까. 식은 거리를 왜 걷는 것일까. 나는 오래도록 휴가를 썼고, 어디로든 복귀하고 싶지 않았다. 누나는 닭장차에 실려 다방으로 떠났다. 텅 빈 학교에서 건물 하나가 불에 탔고, 모텔에서 벌거벗은 사람들이 창문에 고개를 내밀고 살려달라 울부짖었다. 누나는 없었다. 나는 결국 낯간지러운 최루 속에서 헌병대에게 겨드랑이를 내주었다. 상자 속 티슈를 꺼내 거기를 닦는다. 꽃병이 쓸쓸한 광경을 받쳐주고 있었다.

대전

꿈돌이 모자를 쓰고 엑스포 저금통을 샀다. 꿈이었을까. 타고난 미래 같은 게 보였다. 왼손에는 엄마가 오른손에는 힘 빠진 애드벌룬이 내려앉았다. 턱없는 가격의 모텔이다. 꿈이었을까. 같은 모텔에서 젊은 중사가 요대를 풀어 둥글게 말고, 쇠창살에 바투 선다. 과거는 점점 커다래지고 미래는 점점 쪼그라들었다. 시간이 지나자 요대는 팽팽해졌다. 여름이었을까. 꿈돌이 모자 안의 정수리가 벌겋게 달아올랐다. 땀은 중력에 따라 모텔의 바닥으로 미끄러졌다. 중사의 머리에 피가 다 없어질 때까지 줄은 그대로다. 꿈이었을까. 중사는 꿈돌이 모자를 떠올린다. 거대한 주차장의 항문에서 불꽃이 하늘로 튀어올랐다. 팡 터졌다. 중사는 꿈을 꿨을까. 산산조각났을까. 꿈돌이 모자는 잃어버리고 엄마를 때리는 아빠를 보았다. 꿈이었을까. 엄마의 뒤로 긴 인파가 줄어들지 않고 줄을 서서, 목을 매달고 있었다. 요대가 풀린다. 중사가 힘 빠진 풍선처럼 내려앉아, 더듬더듬 꿈돌이 모자를 찾는다. 터진 저금통에서 더위가 흘러나와 줄의 맨 뒤에 선다. 엄마를 찾는다. 세상 모든 아빠는 반쯤은 군인이었고, 모자에 새겨진 계급장이 바스락거린다.

서귀포

관광단지 앞에서 길을 잃었다. 섬에 도착한 이후
쉬지 않고 쏟아지는 비, 더위는 빗줄기 사이사이를
점령했고, 어린 연인은 서로의 이마에 차양을 해주
며 조악한 박물관 입구로 총총 달려간다. 북쪽 말을
쓰는 사람들이 햇볕을 등에 지고 항구에 내린다. 미
아들이 앞으로도, 뒤로도 가지 못하고 박물관 안 사
람들을 쳐다본다. 삶은 죽음을 이해하지 못하지. 죽
음을 이해하는 것은 오로지 죽음뿐이다. 북쪽 말을
쓰는 사람 중 젊은 남자가 있었고 그의 부모는 고향
친구들에게 죽임을 당했다고 했다. 어린 연인은 섹
스에 관련된 별별 것을 모아놓은 박물관을 바지런한
개미처럼 빙글빙글 돌았다. 뒤로 하는 자세 앞에서
그들은 붉어지는 서로의 엉덩짝을 예상했다. 미아들
은 섬 말 쓰는 사람들을 잡아다 몸 어딘가에 대검을
꽂아 넣었다. 우리 아버지가 이렇게 죽었다. 우리 아
버지가 이렇게 죽었어. 누군가의 아버지를 죽이면
서. 누군가의 아버지를…… 어린 연인의 등이 뻣뻣
해진다. 각자의 아버지에게 안부 전화를 건다. 화산

이 터질 것 같아요. 비는 그치지 않고, 아버지는 부
재중이었다.

구미

적대감에는 이유가 없다. 맛없는 음식 때문일지도 모른다. 백반을 요청한다. 마을의 노인들은 신작로 너머 공장에 다니는 젊은이들을 미워했다. 입맛이 떨어진다고, 비린내가 난다고 했다. 재수 없는 소문처럼 앙상한 반찬 사이로 젓가락은 길을 잃었다. 공장에 다니는 애들은 점점 늘어났다. 오랜 농사로 팔뚝이 굵어진 노인 몇이 늦은 밤 어린애를 어떻게 대했는지 아는 사람은 안다. 맛을 느끼는 혀처럼 아무것도 모르기 위해 노인들은 더 심한 욕을 했다. 노인은 모두 죽어 없어지고 새로운 노인이 생겨날 때까지도 젊은이들은 연애도 하고 악도 지르고 그랬다. 싱거운 시금치를 어금니 방향으로 밀어 넣으며 생각한다. 이에 낀 적대감들. 빠지지 않는 미움들. 여공들은 좁은 방에 둥글게 모여 앉아 김밥 속 채소처럼 이불을 뒤집어쓰고 뜨거운 국물을 삼키듯 무서운 이야기를 나누었다고 한다. 맛없는 음식이 공포다. 이런 반찬 같은 거, 정면으로 볼 용기가 없다. 어두운 밤에 찾아온 사복경찰처럼 함부로 속에 들어온다. 애들을 욕하던 노인들은 혀를 차며 말했다. 요즘 것들은 죄다 썩었어. 적대감에 사로잡혀 행주의 결이 남아 있는 테이블에 젓가락을 놓는다. 입맛이 썩는다. 맞은편의 젊은 애들이 죽어 없어진다. 어디로 갔지? 적대감의 행로에는 이유가 없다. 더위에 잃어버린 입맛처럼, 먹고 남은 음식물이 춤을 춘다. 식탁 앞에는 이제 노인보다 늙은 노인들뿐이었다.

분당

엊그제 동창 하나가 자살했다는 소식을 들은 이 남자는 5만 원과 10만 원을 두고서 친구의 처자식을 떠올린다. 눈이 두 개, 코가 하나, 콧구멍은 두 개. 그는 오른손을 들어 왼쪽 눈을 비빈다. 검은 넥타이를 매는 이 남자는 한때 찬비를 부러 맞으며 어깨 위로 모락모락 올라오는 연기를 자랑하기도 했었다. 향이 거의 꺼져간다. 친구는 지폐 속 인물처럼 비쩍 말랐다. 남자는 한때 동창의 같은 반 친구였다. 동창의 어린 아들이 향을 갈아 끼운다. 동창과 이 남자는 학교 뒷골목에서 담배 한 개비 나눠 피우다 걸려 필터처럼 잘근잘근 맞은 적이 있다. 아이는 겁먹은 두꺼비처럼 엎드려 매를 기다리던 친구의 얼굴을 닮았다. 절과 절 사이에, 자동차 가격과 아파트 시세를 알아보던 이 남자는 그 어떤 것도 쉽게 얻을 수 없다는 사실을 알게 된다. 남자는 멍하게 종이컵을 바라본다. 동창은 자살했다. 자살하는 얼굴 또한 눈이 두 개, 코가 하나, 입이 하나. 5만 원? 10만 원? 지금 마른세수를 하면서 제 얼굴을 할퀴는 이 남자는 한때

친구가 있었다. 흡연실에는 자살한 친구와 친구의
아들이 맞담배를 피우고 있다. 낄낄 웃는다. 없는 얼
굴처럼. 동창이 어깨에 팔을 얹고 씩 웃는다. 이 남
자는 친구 따라 분당으로, 곧.

파편을 찾아서

폭탄 터지는 거 처음 봐? 난 봤지, 훈련소였지, 나는 수류탄을 던지기 싫어 손을 들었어, 꿈에서 사지가 뒤섞인 시체 더미를 보았다고, 동료들은 사지를 흙에 박고 군가를 불렀어, 난 봤지, 멸공의 횃불 멸공의 횃불, 사실 우리는 멸공도 몰랐고 횃불도 몰랐지만, 언덕 너머에서 수류탄 터지는 소리가 들려왔어, 흙먼지가 일어나면 나는 꼭 고지에 있는 것 같아, 마주한 모든 것들이 적처럼 느껴져, 침을 뱉고 욕을 했지만, 나쁜 꿈을 꾸었어, 너와 나는 시체 더미를 겹쳐 보고 있었어, 애초에 사람은 팔다리가 없었겠지만, 수류탄은 원래 터지기 위해 태어났겠지만, 난 봤지, 폭탄 터지는 거, 전투기는 사막을 가로질러, 무지하게 빠른 바위를 마을에 떨어뜨린다, 훈련소에서였지, 동료들은 사지를 허공에 흔들며 환호했어, 이 장면 언젠가 꿈에서 본 것 같아, 바위가 깨진다, 멸공을 위해 횃불처럼, 봤어? 마주한 모두가 적이야, 우리의 사지가 섞이고 있어, 난 봤지, 폭탄 터진다, 우리에게서 비롯된 폭탄이 우리로 하여금 우리 모두를 적으로 만든다. 처음인 척하지 마, 시체 더미에서 너랑 닮은 표정을 난 봤지, 너도 날 닮은 공포를 보았을까, 나쁜 꿈을 꾸었다면 군가를 부르자, 끝나지 않을 훈련의 나날, 폭탄 터지는 장면을 정면으로 본다. 분명 처음이지만, 숱한 파편으로 갈라지는 얼굴들.

파주

길을 잘못 들었을 뿐인데, 노루를 치었다. 한 무리의 군인이 나타나 노루를 짊어지고 사라졌다. 겁 많은 뱀처럼 구부러진 길의 왼쪽과 오른쪽을 숲으로 위장한 청년들이 지키고 섰다. 길을 잘못 들어선 청년 중에 하나가 군용 트럭에 치였다. 한 무리의 사람들이 사체를 들것에 메고 숲속으로 빠르게 사라진다. 노루 같은 사내는 필요 없지. 노루는 익힐수록 연약한 향이 난다. 연약함이 풍기는 역한 냄새가 어두운 사위를 밝혔다. 크나큰 노루가 펄쩍 뛰어오른다. 착각이었다. 몸을 구부린 사내 몇이 노루고기를 씹고 있다. 뱀 같은 길의 끝에는 위병소가 있고, 마른 숲처럼 여드름이 피어난 군인 둘, 침엽수의 이파리처럼 갈라져 허공을 향해 총구를 겨누고 있었다.

크나큰 노루의 눈.
사내의 시취. 나는

탈영한 병사 하나에 불과하고, 죽은 노루처럼 역하다. 여드름 하나와 눈이 마주친다. 제대로 찾아온 건가? 길이, 성난 뱀처럼 머리를 든다. 착각이었다. 이 길이 아니다. 눈앞에 노루가 뛰어든다.

익산

기차는 진작부터 천천히 달렸다. 이리가 고향이
라는 선배는 죽을 때까지 맞아본 적이 있느냐 물었
다. 풍경이 앞에서 뒤로 천천히 반복된다. 선배는 일
제 때부터 있었던 곡물 창고에서 가마니 하나에 담
긴 쌀 알갱이만큼 두들겨 맞았다. 중년 사내가 큰 목
소리로 통화한다. 욕지거리를 뱉는다. 눈을 감는다.
눈꺼풀을 타고 귀를 향해 파고드는 소리. 선배는 귀
싸대기를 맞고 풀썩 쓰러졌다. 그 뒤의 주먹은 기억
이 나질 않는다. 정부미가 쌓인 창고의 가느다란 빛.
눈을 뜨면 죽었을 것 같아, 꼭 눈을 감고 있었지. 나
도 따라 힘주어 눈 감아본다. 눈을 감고 익산을 넘어
가면 매 맞는 자의 멍한 슬픔이 조곤조곤 말을 걸기
시작한다. 여기부터 남쪽이야, 얼마나 맞아봤어. 중
년 사내가 휴대폰을 집어 던질 것처럼 성을 낸다. 눈
을 뜬다. 눈을 감으면 죽을 것 같아 부릅뜨고 지켜온
시간이 있다. 다시 전화를 받는 사내가 말한다. 이리
지나는 길이오. 그곳이라면 누군가를 죽기 직전까지
때렸던 사람들이, 선량하고 맑은 이웃으로 잘 살고

있을 것만 같다. 눈을 감는다. 선배는 비옥한 매질을 온통 참아내었다. 심하게 맞았던 꿈은 곧게 뻗은 선로처럼 선명하기도 하지. 기차가 달린다. 진작부터 우리는 천천히 맞고 있구나. 아마도 일제 때부터 곡물 창고였던 곳에서, 우리는 빽빽한 눈을 뜨지도 감지도 못한 채, 다음 역을 기다린다만. 선배는 늘 주먹을 움켜쥔 자세로 죽을 때까지 맞을 참이었다.

마포

대로변에서 술을 마신다. 피난민들은 어두운 포구에 모여들었다. 포구에는 배가 없고 어디서든 전쟁은 끝난다 하였지만, 누굴 믿을 수 있겠는가. 우리가 믿는 건 냉면뿐이라오. 사람 몇이 얼어 죽을 추위 속에서 질기고 삼삼한 그것을 뚝뚝 끊어다 먹었다지. 그 맛을 설명할 수 없어 같이 끅끅 울었다고 한다. 대로변에서 술을 마신다. 막차가 패잔병들을 그득 태우고, 나는 식은 치킨을 바라보고 있다. 대로변에는 함흥냉면집, 막걸릿집, 치킨집, 호프집. 그중 우리 집은 어디요. 피난을 떠나는 가장. 잃어버린 딸아이. 집 바깥. 그중 누굴 믿겠는가. 우리가 믿는 건 질긴 면이라오. 육수에 조미료를 뿌려 넣으며. 점심으로 냉면을 먹었지만, 주둥이로 폭격 같은 소리를 내면서, 바닷가에 떨어지는 포탄처럼 머리를 박고서, 마포 대로변의 어디쯤이지만, 대리 기사에게 설명을 못 하겠어서, 끅끅 운다. 포구에 배 멈추는 소리 들린다. 누구도 믿을 수 없다는 질기고 삼삼한 신념. 하구에 몰려든 피난민의 행렬. 대로변으로 흘러

든다. 매끄럽고 질긴 동네가 생겨났다. 거기부터 대
로변은 시작되었다.

취향을 찾아서

담배를 고른다. 케이스 디자인이 바뀌었다. 고양이가 있다. 고양이의 곡선을 사람들은 사랑하기 시작했다. 개와 고양이 중에 고르라면 단연 고양이, 멍멍, 짖지 않고 야옹, 속삭인다. 담배를 꺼낸다. 라이터가 없다. 선물 받은 지포라이터에는 싫증 났다. 야옹야옹, 담배를 들고 실룩거린다. 열일곱 살 때였다. 미친개라 불리던 교련 선생은 안주머니에 있던 담배를 보고 복날의 개처럼 나를 팼다. 그의 주머니에서 라이터가 떨어졌다. 단란주점 상호가 적힌 라이터는 엄마의 머리칼처럼 보인다. 머리칼이라면 지긋지긋하다. 엄마가 좋아 아빠가 좋아 묻는다. 단연 개라 답하겠다. 담배를 문다. 비가 오고 있고, 실내에는 끽연할 공간이 없다. 비와 눈 중에 무엇을 좋아하냐 묻는다. 날씨는 원래 거지 같은 거다. 그들의 눈빛을 예측할 수 없다. 연기가 빗속으로 암고양이처럼 숨어 들어간다. 오늘은 맘에 드는 시간이 없다. 인간은 모두 같은 얼굴이고, 담배는 몸에 해롭다고 한다. 우리는 서로에게 유해하고, 너와 나는 썩고 있다. 고양

이가 사라진다. 개가 짖는다. 나는 결정할 수 있는
것이 없다. 좋아하는 거라고는,

마산

자유무역단지에서 빠져나오는 이들은 여공이었다. 밤이면 학교에 갔지만 엎드려 있었다. 토요일이면 졸음처럼 시내에 나갔고, 시내에 붙은 바다에 떠밀려갔다. 어시장 앞에는 나이트클럽이 있고 사람들이 새벽녘 택시를 잡는다. 자갈이 깔린 바다 곁에 둥글게 모여 앉은 이들이 있었다. 우리가 모두 학부모가 되면, 그때 우리는 모두 괜찮을까. 그때까지 살수 있을까. 자유무역단지에서 뿜어내는 검은 기체. 졸음이 밀려왔다. 가까운 바다에서 뒤통수가 떠올랐다는 소식이 들렸다. 물고기는 뒤통수가 없다. 어시장 앞 나이트클럽에서는 꾸물거리는 연기처럼 사람들이 빠져나왔다. 검은 얼굴이었다. 도시는 쇠락했다. 뒤통수는 여태 둥실둥실 떠 있고, 여공은 중년이되었고, 나이트클럽은 성업 중이다. 우리는 괜찮았다. 물고기는 눈을 감을 수 없지만 우리는 눈을 감고둥글게 모여 앉거나 춤을 추거나, 엎드릴 수도 있으니까. 자유무역단지에는 사람은 없고 뒤통수만 둥둥떠다니고 있었다.

장충체육관

　사람들이 많은데 아는 목소리가 없어서 소리를 질러봤다. 프로레슬링 경기를 하고 있었다. 저거 다 가짜야,라고 말하는 사람은 뭘 좀 아는 사람. 아는 사람은 빈축을 샀다. 이건 미국에서 온 유명 뮤지션의 공연이다. 그걸 모르는 사람도 있나? 뮤지션을 아는 사람이 없는 체육관에서 긴 줄을 선다. 이것은 티켓인가? 이것은 영수증인가? 이것은 투표용지인가? 그렇다면 나는 이제부터 지명도 있는 사람을 찾아야 한다. 체육관에는 사람들도 많지. 태평양을 건너온 보컬이 한국어로 인사한다. 안면이 없는 발음을 곧잘 알아듣는 집단지성. 노래를 따라 부르자 레슬러들이 야만적으로 엉킨다. 대통령이 손을 흔든다. 안녕하세요,라는 뜻이겠지. 보컬 뒤에서 묵묵하던 베이스와 기술을 받아내던 레슬러는 모두 마리화나에 중독되었다고 한다. 취한 사람들이 같은 곳을 보고 같은 땅을 찍고 같은 춤을 춘다. 체육관에는 사람이 없다. 저거 다 가짜야, 하는 이는 모두 잡혀갔고, 나는 그런 사람 모른다.

효창공원

    공원에는 독립운동가의 무덤 몇과 축구장이 있다. 넓고 평평한 쓸쓸함이 퍼진다. 축구 좀 차는 아들을 두었다. 아들 뒷바라지를 하느라 조기 축구도 그만 두었다. 대통령배 축구 대회 예선을 앞두고 같은 학교 후배인 감독을 일식집에서 만나 연신 고개를 조아리며 대접했다. 스시가 발등에 잘 얹힌 볼처럼 녀석 입으로 쏙쏙 들어갔다. 윤봉길이나 안중근의 묘가 근처에 있지만 실제로 본 적은 없다. 아들이 벤치에 앉아 있다. 주전자를 들었다. 누구는 도시락을 던지고 누구는 권총을 갈겼지만 나는 할 수 있는 것이 없어 관중석 꼭대기에 앉았다. 볼을 예쁘게 차려고만 하는 아들 녀석. 다리를 절뚝거리는 아들 녀석. 어디선가 폭탄 터진다. 누군가가 총 맞는다. 엊그제 목욕탕에서 본 아들의 몸은 군데군데 멍이 있었다. 운동하는 아들을 두는 일에 대해 생각한다. 아들보다 어릴 때였다. 맨땅에 선 긋고 볼을 찼다. 날마다 엉덩이며 허벅지를 맞았다. 내가 맞으며 커서 네가 이 정도나마 자란 것이다. 아들은 운동장을 돈다. 아버지는 아들 대신 토한다. 굵은 침을 흘리며 무덤을 찾는다. 제지당한다. 공원 관리인이 말하길, 너희는 맞아야 정신을 차리지, 했다. 그럴지도 모른다고, 왕년의 스트라이커는 생각한다. 아들을 낳기 전에 좀 더 맞아둘걸 그랬다. 공원은 맞기에 좋다. 공원에는 오랜 시간 맞아 평평해진 쓸쓸함이 있다. 공 예쁘게 차려는 미드필더 따위는 정강이를 분질러버려. 친구 놈이 내지르는 소리, 볼 차는 소리, 호각 소리, 아들의 뼈가 부러지는 소리. 나를 닮은 아들의 뼈가 사제폭탄처럼 바드득.

영광

원자력발전소가 보이는 해변에서 수영한다. 바다
수영은 위험하다. 어머니요? 내 손으로 못 죽인 게
한이오. 사람은 위험하다. 서해안은 파도가 얕다. 얕
은 파도는 위험하다. 어디든 인간의 발이 닿는다. 어
머니는 보상금을 두고 동서들과 생선처럼 싸웠다.
땅바닥에 닿은 물고기처럼 온몸을 파닥거리며 잘못
구운 조기처럼 속까지 타서는. 원자력발전소의 등
뒤에서 연기가 피어오른다. 어머니요? 내 손으로 못
죽인 게 한이 된다오. 살인범들은 굴비처럼 포승에
묶여 말했다. 말린 생선 같은 표정으로. 사람 고기
먹어봤소? 냄새가 날까 봐 육고기를 같이 구웠어.
사람은, 위험하니까. 원자력발전소가 보이는 해변은
위험하다. 보상금을 받으러 온 인간들이 바닥을 샅
샅이 뒤진다. 피폭된 어머니가 누워 있는 바닥을. 어
머니는 우리를 위험에 빠뜨렸다. 나는 참을 수 없었
다. 그 곁에서 생선의 살을 발라 먹는다. 에너지, 그
래 에너지가 솟아난다. 나는 그저 효도를 위해 농장
지하에 아지트를 만들었을 뿐이다. 어머니요? 사람

은 위험하다. 사람을 먹어서는 안 된다. 더 이상 우리는 사람을…… 해변에 서서 회백색 연기가 나풀거리는 원자력발전소를 본다. 엄마의 젖무덤이,

연희동

전두환이 잘 간다는 빵집에서 케이크를 샀어. 불을 붙이고 노래를 불렀다. 이름을 얼버무리며 우리는 얼른 촛불을 끈다. 오늘이 생일인 여자는 암살단의 일원과 연애를 했었다고 한다. 킬러와의 연애인가? 폭소가 반짝 일어나다 가라앉는다. 도대체 몇 살 차이야? 잠시 폭동이 일어난 거라고 너는 말했다. 전두환은 명절이면 동네 사람들에게 금일봉을 돌렸다고 해. 카드를 내밀며 여자애가 말한다. 통이 큰 사람이네. 암살은 실패했고 노인은 빵도 케이크도 잘 씹어 삼킨다. 우리는 셋인데 그들은 몇일까. 암살단이 몇 명인지는 아무도 몰랐어. 그건 중요한 게 아니지. 저택 앞에는 경찰이 둘 의경이 둘, 저택 뒷골목에는 의경만 둘이었다. 카페와 중국요릿집 사이를 불발된 폭죽처럼 비틀비틀 지나갔다. 좀 취한 건가. 생일이니까 괜찮다고 대답한다. 손에는 케이크를 자르던 플라스틱 칼이 있다. 다른 손에 손을 잡고 담을 넘는다. 담을 넘어서, 담을 넘는데,

학교 연못

우리는 오랜 시간
넉살 좋은 애완견처럼
연애를 이어왔다.
좁은 골목에 설치된 주황빛 가로등 아래에서
서로의 등을 쓰다듬었다.
취한 젊은이들이 목적지 모를 걸음에 몸을 싣고
떠다녔다. 캠퍼스의 정중앙에는 녹조가 깊은 연못
이 있었고
무릎까지 빠지는 그곳에서 생일을 맞은 청년들이
윗옷을 벗기도 했다. 허우대 빈약한 그들 뒤로
아랫입술을 비쭉 내민 너를 보았을 때, 나는

아가를 생각했다.

이런 생각은 비밀로 하는 편이 좋겠다.
신입생을 사랑하는 마음으로 세상을 맞이한다.
너를 사랑했던 마음으로 마음에 더러운 연못을 만
든다.

캠퍼스에는 연못이 있었고 연못 너머에
너의 아랫입술이 약간 돌출해 있었고
나는 가장 빠른 뜀박질로 연못을 끼고 돌아 너에
게 가지만
연못이 자꾸 거대해졌다. 생일의 용기를 자랑하는
자들이
투명한 술을 마시고 무릎 높이의 연못에 빠져
실신하거나 죽었다. 연못의 깊이는 무한했다.

연못에 들어가기로 한 건
입술 때문만은 아니다.
입술은 살 밖으로 노출된 심장이다.
너의 심장을 핥으며

나는 아가를 생각했다.

너의 아가가 되고 싶어서 연못을 돈다.

몸에 물을 묻히기 시작한다.
병든 엄지발가락부터 연못에 담근다.
네 입에 들어가는 상상을 한다. 그렇게
난 좀더 부드러워질 것이다.

고기를 찾아서

선생은 채식주의자고, 젓갈이 들어간 김치도 먹지 못해. 선생은 얼굴이 하얗고 계속해서 더 하얀색으로 쌓인다. 창백한 이목구비가 교실로 들어와 오늘의 학습 목표를 적는다. 동물을 먹는다는 것에 대하여. 오늘 점심은 불고기란 말입니다. 교복을 단정하게 입은 남학생이 문득 말한다. 불고기색 교복을 입은 학생들이 풀이 죽은 야채처럼 졸고 있다. 선생은 밤비처럼 말이 없고, 정갈한 글씨로 칠판에 외국어를 적는다. 아이들은 동면에 들어간다. 여기는 너무 추워요. 사람이 고기 없이 버틸 수 있는 곳이 아니에요. 머리에 채소를 얹은 학생이 항의한다. 수업 시간에는 특히 배가 고파. 배가 고픈 나머지 급기야 시간이 천천히 흐른다. 인생 모두가 배움이라면, 우리는 오래오래 살 것이다. 선생이 오랜만에 말한다. 밀림 속 한 포기 배추처럼 선생이 무엇을 가르치는지 아는 사람은 없다. 아이들은 밤늦게까지 학원에 다니며 육식을 배운다. 구름처럼 수업은 끝나간다. 구름을 헤치며 사자들이 발톱을 꺼낸다. 선생은 투명한 비품이 되어 교실의 구석에서 풀을 뜯는다. 너희들 잘못이 아니야. 고기의 잘못이 아니야. 고기를 굽는 불의 잘못이야. 고기를 뜯는 이빨의 잘못이야. 종이 울린다. 선생의 뒷모습을 쳐다보는 아이들, 모두 이빨 사이에 끼어 있다. 거대한 턱이 서서히 입을 닫는다.

압해도

　아침에 이모부가 누운 채 돌아가셨다는 소식 있었다. 섬에는 다리가 놓였고 바다를 누르던 앞발도 서럽게 단단하던 갯벌도 천천히 몸을 돌리던 철선도 사라진다. 영구차가 다리를 건넌다. 섬사람이 없는 섬에서 연기가 올라온다. 바다가 다리 밑에서 조용한 원을 그리고 있었다. 이모부는 배 농장을 하던 땅과 놀던 땅 모두를 농협 조합장 선거에 갈아 넣었다. 이모부는 즙처럼 누워 쓸쓸히 편했고 압해는 바다를 꽉 누르고 있다는 뜻이다. 이모는 꽉 눌린 생물이 되어 압, 압, 울음을 찾는다. 웃는 것일지도. 그녀의 표정이 바다를 압도하고 있었다.

철원

막사 앞에는 철원에서 죽은 병사의 사진이 붙었다. 간부는 죽어서는 안 되는 이유를 말한다. 저 죽은 병사의 모습을 봐라. 전투화 끈에 조여 덜 닦은 식판처럼 된 얼굴을 봐라. 보아라. 너의 죽음이 있다. 철원에서 죽은 병사는 스스로 죽은 병사. 스스로 죽는 병사는 필요 없다. 한때는 뱀 같은 공산주의자들이 완장을 차고 철원을 지켰다. 산 사람들이 막사 앞에 줄을 서고, 식판에 식은 주먹밥 따위를 나눠주었다. 공습이다. 죽은 병사들이 하늘에서 우르르 떨어진다. 검은 끈에 목을 매달고 철원에서 죽은 병사의 사진을 프린트한 행정반의 병장은 옛 좌익사범처럼 맞았다. 보아라. 너의 이름이 있다. 프린트된 명단에 그가 있었다. 죽은 병사들이 한탄강에 떨어진다. 스스로 죽는 병사는 쓸모가 없다. 보아라. 철원에서 죽은 병사의 사진이 무궁히 복사되고 있는

개성

이름은 개성 식당이다. 선배는 그곳에 갔던 이야기를 즐겨 했다. 여기서 개성까지는 50킬로미터쯤 되겠지만 별로 중요한 이야기는 아니다. 우리는 파주 시청 앞에 있는 개고깃집에서 개성식으로 개를 먹었다. 수육에서 노릿한 김이 오른다. 이럴 땐 진짜 한민족 같은 거다. 거 얼마나 게으른지 몰라. 조선족, 동남아는 양반이지. 조선 시대에는 개 잡은 날만은 반상의 구별 없이 둥글게 모여 앉아 참참 개를 먹었다고 한다. 진짜 한민족처럼. 우린 개를 먹는다. 식당 텔레비전에서 종편 채널 뉴스가 나왔고, 북한 소식을 전했다. 별로 중요한 이야기는 아니지만 그들은 진지했다. 선배는 아나운서를 두고서, 뚱뚱한 거 봐라. 저게 돼지냐 사람이냐. 운동권이었던 선배는 논술 학원으로 꽤 많은 돈을 벌었다. 아주 중요한 이야기다! 나는 그 학원의 강사로 아이들의 허벅지를 때리면서 소일했다. 우린 개를 먹는다. 아이들은 북한이 아닌 여기에서 태어난 걸 다행으로 여기면서 허벅지에 불만을 갖지 않았다. 개성 식당의 비결은 중국산 개를 쓰지 않는 것에 있다고 한다. 국내산 개를 수급하기 어렵기에 한정된 양만 팔고 하루 장사를 접었다. 개를 먹고 나온 선배와 나의 이마에 땀방울이 반상의 구분 없이 맺혔다. 그는 원장이고 나는 강사다. 별로 중요한 이야기는 아닐지도 모른다. 고기를 먹는 동안 형님, 형님 하며 텔레비전에 나온 김정은과 그의 얼굴을 번갈아 봤다. 우리는 한민족이다. 우린 개 먹는다. 이제 누구도 김일성 만세, 뇌까리는 자유를 걸진 않는다. 여기서 개성까지는 50킬로미터쯤 되겠지만 갈 일은 없을 것이다. 나는 거기가 아닌 이곳의 시민인 것을 다행으로 여긴다. 개성특급시의 돼지가 아닌 개성 식당의 손님임을 자랑스레 여긴다. 개처럼 짖어본다. 나는 부지런한 국내산이다. 선배는 계산을 마치고 이를 쑤시지만 나는 개성 식당에 도로 들어가 허벅지를 내어준다. 개고기 만세, 자유를 느끼며. 가까이에서 총소리, 멀리서 개소리 들린다.

송정리

─은진, 희진에게

길고양이 밥을 주는 쌍둥이 여자가 사는 곳. 다정한 곳. 다정한 유곽이 있었다가 밀려난 곳. 내가 교회에 다녔던 곳. 장로회였던 곳. 떠든다고 손바닥을 맞았던 곳. 벽에 침을 뱉었던 곳. 침이 묻은 벽에 찢어진 선거벽보가 있었고, 더 많은 침들이 모이고 다시 흩어졌던 곳. 기차가 천천히 서고 천천히 출발하는 곳. 다정한 곳. 정이 많던 할매가 교회 앞 버스 정류장까지 구부정하게 뛰어나와 도시락을 챙겨주던 곳. 권사까지 했던 할매가 할아버지 후두암 수발한 곳. 장로교에 다니지 않는 아들 내외가 망해 찾아왔던 곳. 절름발이 개가 웃던 곳. 쌍둥이 소설가가 사는 곳. 소설로 쓰기에는 별로 재미없는 이야기라 미안한 곳. 할아버지가 죽은 곳. 귀신처럼 비행기 뜨는 소리가 때때로 들려오던 곳. 아들 내외가 이혼한 곳. 술을 마신 내가 자주 토악질하던 벽이 있는 곳. 벽에 붙은 선거벽보가 다정하던 곳. 모여 침을 뱉던 사람들 산산이 흩어진 곳. 할머니조차 떠나버린 곳. 쓸쓸한 곳. 가기 싫은 곳. 지나쳐야 하는 곳. 지나치게 다정한 사람들만 성마르게 남은 곳. 기차가 서고 비행기가 뜨는 곳. 장로회 십자가가 높이 빛나는 곳. 권사까지 한 할매는 이른 새벽 홀로 제사상을 차리고, 나는 어쩐지 그곳이 예루살렘 같다고 느끼며, 쌍둥이 여자에게 아무런 죄책감 없이 말을 건네는 사람이 되고 싶은 것이다. 유일하게 그리운 것은 절름발이 개였다고 이야기를 끝내면서.

올림픽고속도로

대구와 광주를 잇는 고속도로가 하나 있다. 1988년 올림픽을 기념하여 동서 화합과 민족 번영을 위해 건설되었다고 알려졌다. 터널 공사마다 폭파 잔해에 죽은 자가 대여섯 명은 되었다. 도로가 완공되었다. 중앙분리대는 없었다. 처음 설계에는 있었지만 영문 모르게 빠졌다. 대구와 광주 주변 땅값의 변화는 없었다. 밤늦은 도로, 터널 가까이서 트럭에 받혀 죽는 운전자가 하루에 두어 명은 되었다. 보상금을 두고서 목맨 자가 세 명은 되었다. 도로가 지리산 곁을 지났다. 타이어에 뭉개진 야생동물은 셀 수조차 없었다. 빗길에 미끄러져 가드레일을 타고 넘어 핸들에 눌려 죽은 자가 일곱은 되었다. 기암절벽에서 실족사하는 자가 1년에 다섯은 되었다. 졸음운전에 앞차와 추돌하고 앞 유리 밖으로 튀어나와 죽은 자가 열둘은 되었다. 그들이 죽인 자가 앞서 죽은 자를 훌쩍 넘겼다. 앞차를 추월하다 마주 오던 차와 부딪쳐 얼굴이 없어진 자가 한둘은 되었다. 1984년에는 전두환 대통령이 개통식에 얼굴을 비췄다. 테이프를

끊었다. 죽은 줄 모르고 죽은 자가 수백은 되었다. 중앙분리대는 없었다. 지리산에서 찬바람이 불었다. 광주와 대구를 잇는 고속도로가 하나 있다. 동쪽과 서쪽에서 출발한 버스와 서쪽에서 동쪽으로 출발한 화물차가 산을 감싸 도는 2차선에서 서로의 뺨을 후리며 스친다. 여태 살아 있느냐는, 인사.

지축역

장례식장에 들렀다 가는 길이다. 대학 선배의 아버지가 죽었다. 서울을 막 벗어난 전철이 조금 느려진다. 역의 이름과 달리 이곳은 내리는 사람과 타는 사람이 거의 없어 고요하다. 사람이 죽는 일은 거대한 일은 아니다. 우리는 잠자코 앉거나 서서, 각자의 도착지를 생각할 것이다. 어제 죽은 사람의 얼굴을 오늘 처음 보았다. 미리 준비한 것처럼 영정 사진은 깨끗했다. 선배의 아버지는 보수 정당을 지지했을 테고 그 문제로 선배와 조금 다투기도 했겠으나 아비로서 의무를 망각하진 않았으며 혈관 질환으로 죽었다. 이야기를 지어내며 지축역 지나간다. 장례식장에 들렀다 집에 간다. 신도시의 목전이다. 지금은 묵과하며 지나가기에 알맞은 시간. 일행은 익숙한 동작으로 안주머니에서 지폐를 꺼내 흰 봉투에 가지런히 넣었다. 대단한 일은 아니다. 부의함의 어둠 속으로 떨어졌다. 사방이 어두운 역, 전철은 대체 여기서 왜 멈추는 것일까. 지축역 지난다. 상주의 표정은 전철에서 빈자리를 찾는 사람처럼 조급하면서

평온했다. 둥근 턱이며 째진 눈이 영정과 절묘하게
닮아 웃겼다. 사람이 죽었지만 거대한 일은 아니다.
지축역을 묵묵히 지나는 우리에게는 다발로 묶인 시
신도 그다지 큰일은 아닐 것이다. 선배의 아버지는
과연 죽었을까. 어떻게 죽었을까. 장례식장에 들렀
다 가는 길이다. 지축역에서 전철에 오르는 사람은
처음이다. 놀랍게도 둥근 턱과 째진 눈이었다. 노인
은 긴 무릎을 굽히고 노약자석에 앉았다. 엎드려 흐
느껴 울었다. 손녀가 왜 죽었는지 몰라서 그렇다고
했다. 지축역에서 모두가 작은 흔들림에 몸을 맡기
고 각자의 휴대폰을 본다. 날마다 죽는 사람은 분명
히 있고, 이유를 물을 경황 없이 다음 역이 온다. 턱
이 깎이고 눈이 찢어진다. 노인에게 말을 건다. 오늘
은 광화문에서 종로3가역까지 걸었는데. 참을 수 없
이 슬퍼 죽고 싶었다오. 슬픔을 자랑하지 않으려 흔
들리는 지축을 붙잡은 노인과 내가 노약자석 앞에서
잠시 겹쳐 앉았다가, 다시 일어나 제 갈 길을 간다.
지축역 지난다. 별일 없었다.

한강철교

1897년 착공되어 1900년에 완공되었다. 철교 북단을 천천히 지난다. 추돌 사고를 낸 승용차 한 쌍의 가쁜 비상등 위로 열차가 지나간다. 열차의 지붕에 올라탄 사람들이 보따리를 동여매고 손 인사를 한다. 그것이 막차인 줄은 몰랐으나 전쟁 통에 철교는 폭파되었다. 딸아이는 대학병원에 있다. 수술을 하루 앞두고 옷가지를 챙기러 서울의 바깥으로 피난 중이다. 철교 아래에서 길은 완전히 막혀버렸다. 레커차 기사와 보험사 직원이 철교의 그림자에 수련의처럼 모여 수선거렸다. 한강의 다리를 처음 본 사람들은 입이 쩍 벌어졌다. 둔탁하고 높은 소리를 내는 괴물이 한강을 단번에 건너 산등성이 사이로 사라졌다. 딸아이는 심장 수술을 앞두고 있다. 의사와 마주 앉아 동의서를 작성했다. 일본인과 러시아인이 첫 운행을 함께 보고 근대식으로 박수 치고 악수했다. 인도교는 철교보다 먼저 폭파되었다. 인파가 한강을 건너던 중이었다. 벗겨진 산등성이에서 포탄이 날아와 근대식 다리를 분질러버렸다. 나는 아이를 끌어안고 있었다. 머리 위에 열차 석 대가 지나가는 동안 철교의 소란은 끝나지 않았다. 정해진 노선에 따라 사후 처리될 것이지만 더는 기다릴 수 없다. 딸이 철교를 건넌다. 나는 다리 밑에서 피고름처럼 빌딩을 두른 산등성이를 쳐다본다. 저 사이에서 포탄이 날아올 것 같다. 나는 차선을 탈출해 철교 위를 달리는 열차의 지붕에 오른다. 딸의 손목을 잡는다. 크고 작은 괴물 여러 마리가 철교를 맹렬하게 건너고 있었다.

정체성을 찾아서

어쩔 수 없었다는 말을 하고 팀장은 먼저 일어선다. 팀장의 아들은 살이 쪘고 만화영화를 좋아한다. 팀장은 파티션을 높이 세우고 겸손한 자세로 일했다. 높은 사람을 만나면 90도로 허리를 숙인다. 팀장의 아들은 몸이 굽혀지지 않는다. 살이 쪄서 그렇다. 어쩔 수 없다는 말을 아들은 자주 했다. 일본에서 만든 만화영화 캐릭터를 좋아했다. 아들을 생각하면 눈물이 난다. 아들은 만화를 보면서 눈물을 흘렸다. 어쩔 수 없다는 말을 팀원에게 한다. 책상을 정리하는 팀원의 뒷모습을 보면 아들이 보던 만화의 한 장면이 떠오른다. 지구다. 긴 칼을 든 로봇이 적의 허리를 베어낸다. 시커먼 공간으로 하반신이 떠내려간다. 마지막으로 엘리베이터를 탄 팀원은 작은 점이 되어 낙하한다. 손바닥을 위로 향하고 어깨를 으쓱한다. 아들이다. 아들은 분홍색을 좋아했고, 로봇을 조종하며 눈과 가슴이 큰 피규어를 모았다. 살이 쪄서 그랬다. 운동을 해야 한다. 팀장은 골프 회동을 위해 먼저 일어선다. 아들은 피규어와 대화한다. 팀장은 불현듯 화가 나 골프채를 들고 복사기를 내려친다. 아들을 생각하면 화가 난다. 팀원을 생각하며 우주로 난다. 광막하다. 파티션 바깥쪽을 화면에서 지운다. 아들이 울고 있다. 팀원이 긴 칼을 든다. 팀장이 일어선다. 파티션 동쪽에서 뜨거운 해 하나가 새빨갛게 떠오른다. 이제, 어쩔 수가 없다.

진주

지난 주말에는 동네 정육점에서 돼지고기 두 근을 떼서 먹었다. 수육용이요, 비계는 싫어요, 했을 뿐 인데 돌인지 고기인지 알 수 없는 돼지가 몸을 털었 다. 이번 주말에는 기차를 타고 진주에 갔다. 옆자리 에는 지난번 그 정육점 주인이 탄 것 같은데 그때 감 히 따지지 못했던 고객으로서의 품위와 권리 같은 것이 떠올라 백정처럼 분해지는 것이다. 진주에 도 착할 때까지 분한 마음으로 졸다가, 창밖을 보다가 했다. 왜 질긴 돼지고기를 성토하지 못한단 말인가. 졸리지도 않으면서 눈꺼풀을 닫은 채 진주에 닿았 다. 작년 여름에 누구는 회사에서 노조를 만들다 보 기 좋게 실패했다. 돼지고기에 술추렴하며 몸을 털 었다. 진주에 도착하니 남강이 보이고 강에서 부드 러운 비계 같은 바람이 불었다. 바람에 정육점 주인 이 날아가고 없다. 어디 갔지? 어디 갔노? 흩어지고 없다. 질긴 고기처럼 입을 다물고 돌덩이처럼 자리 에 앉아서 전화도 받고 서류도 쓰고 했다. 문득 관광 객의 품위와 권리가 떠올라 남강에 몸을 비추어보았다. 때는 1923년이었다. 진주 남강에는 백정들이 모여 운동 단체를 만들었고 그것을 형평사라 했다. 비닐봉지에 든 고기 두 근이 바스락 소리를 내었고, 나는 엉거주춤 뒤로 물러나 몸을 털었다.

압구정

우리는 징병되기 3주 선 압구정을 찾았습니다. 스물이었습니다. 전철은 잘 탔는데 아파트 단지에서 길을 잃었습니다. 고수부지에서 바람결에 소리라도 지르면 좀 나아질까 싶어 벽의 문을 열고 나갔습니다. 소음차단벽이었습니다. 올림픽대로의 굉음이 강을 가로막았습니다. 당신은 파병되었습니다. 베트남에서 강간하고 살인했습니다. 누구도 듣지 못했죠. 고층의 시야에 당신의 행로는 없습니다. 월드컵은 징병되어 보았습니다. 당신은 불쾌한 얼굴로 밀림을 떠돌았습니다. 광장과 밀림에 우수수 떨어지던 쌀눈. 명령은 간단했습니다. 합리적 의심 없이 행해도 좋다. 저는 징병되고 며칠 후 총검술을 배웠습니다. 총 끝에 뭉툭한 단검을 장착하고 허공을 찔렀습니다. 흉부에 꽂힌 칼을 살짝 비틉니다. 그렇지 않으면 경직된 흉부가 소총을 놓아주지 않습니다. 도로와 아파트를 사이에 두고 서쪽으로 걸었습니다. 허리께까지 잡초가 우거졌습니다. 고엽제였습니다. 왜 압구정에 왔는지 모릅니다. 소음차단벽의 출구를 찾을 수가 없었습니다. 소년의 항문은 빨간색이었습니다. 이제는 여기가 압구정인지도 모릅니다. 제초된 강변에 대고 소리를 지르려다 멈춥니다. 명령은 합리적이었습니다. 이윽고 가던 길을 되돌아 다시 아파트 단지에 들어섰을 때, 초소를 경비하던 늙은이를 보았습니다. 당신은 늙었고 파병되어 여태,

금남로

길에 침을 뱉었다. 네 혀에서 나는 냄새가 궁금했다. 길은 죽은 사람의 혀처럼 뻗어 있었다. 친구에게 통사정을 했다. 백화점 뒤편 후미진 곳에서 흥정했다. 개처럼 핥았다. 화장이 지워질세라 질겁하는 모습을 보고 사정했다. 친구와 어깨동무를 하고 다시 걸었다. 우리가 첫 손님이었을까. 그랬으면 좋았을 텐데. 지하를 걷는 게 더 좋았다. 지금이 몇 시인지 모르는 게 더 좋았다. 가게들이 망하지 않고 살아서 미끄덩했다. 넘어지고 다시 일어서며 걸었다. 서점과 연결된 출구로 나오면 저물었던 해가 다시 떠올라 훈계했다. 왜 개처럼 살고 있니. 우리는 괴로워 참고서를 뒤졌다. 우리가 지나온 길의 삽화가 구내염처럼 번져 있었다. 상처를 피해 걸음을 내딛었다. 그들이 뒤따라왔다. 아까 침을 발랐던 여자였다. 아니다, 또 어딜 나가느냐 붙잡던 엄마였다. 아니다, 슬쩍 어깨동무를 푼 친구였다. 금남로4가 신호등 앞이다. 발바닥에 물큰한 게 닿는다. 네가 뱉어놓은 침이었을까. 분수대 뒤 관공서 방향으로 침은 몸을 뻗었다. 나는 지역 언론사 사옥 옥상에까지 단숨에 뛰어 올라가 관공서를 노려본다. 해가 진다. 혀를 비쭉 내밀고 골린다. 너는 내가 결국 개라는 걸 몰랐지. 멍멍 몰랐지. 할짝할짝 몰랐지. 혀를 깨물었다. 사람 몇이 개처럼 죽고도, 아픈 건 잠깐이었다.

주차장

외숙은 상당한 권리금을 내고 임차인이 되었다고
한다. 상가 앞을 지나가는 사람의 숫자를 데이터 삼
아 권리금이 책정되었으나, 계약서에 명시되진 않았
다고 한다. 칼국수를 하다 잘 되지 않아 일본식 덮밥
으로 다시 오모가리 김치찌개로 업종을 변경했다고
한다. 그때마다 인테리어를 새로 했다고 한다. 내가
게을러서 그런 것 같다고 했다. 내가 멍청해서 그런
것 같다고 했다. 임차인의 아들은 다시 임차인으로
태어나 빚을 갚으며 빚을 만든다. 임차인 주제에 바
지락칼국수나 규동이나 찌개를 끼니마다 먹으면서
게으르고 멍청해지는 것이다. 일대는 재개발이 예정
되어 있고 하루에 8만 원을 받는다는 경비 업체 직원
들이 저녁마다 몰려들어 뭐라고 해댔다. 게으른 새
끼가, 멍청한 새끼가, 했던 친구들은 모두 외숙의 아
들 또래라고 한다. 외숙은 업종을 바꾸던 것처럼 할
일을 찾아보았다고 한다. 실패했다고 한다. 외숙은
권리금을 내고 임차인이 되었다가 상당한 벌금을 등
에 멘 피의자가 되었다고 한다. 피의자의 아들은 다

시 피의자로 태어나 하루에 8만 원을 벌 것이라 한다. 게을러서 그렇다고 한다. 멍청해서 이렇다고 한다. 주차장에 천천히 진입한다. 후진을 하는데, 어디선가 타이어 타는 냄새가 난다. 외숙이 가겔 하던 자리라 했던가, 누워 있는 사람을 치고 황망히 뺑소니치는 길의 끝이었다고 한다.

기계

에스컬레이터에서 노인은 발을 헛디뎠고 뒤통수가 조금 찢어졌다. 노인의 핏자국은 에스컬레이터의 벨트 속에서 영원한 회전에 들었다. 피가 돌고 있었다. 노인은 에스컬레이터를 원래 무서워했다. 무서워하는 것 앞에서 넘어지는 일은 얼마나 우스운가. 노인의 파마머리 뒤에 붙은 크나큰 반창고처럼 우습다. 기계는 아무리 우스워도 웃지 않는다. 그런 것을 배울 수만 있다면…… 노인의 손자가 노인의 피가 회전하는 에스컬레이터를 타고 하루에 한 번 병원엘 찾아왔다. 노인의 피는 희미해져 있었다. 희미한 것이 돌고 돌아 손자의 손끝까지 와 있다. 손자는 손목을 긋는 상상을 한다. 노인과 손자는 병원 밥 대신 설렁탕을 사 나눠 먹고, 발을 헛디딘 것에 대해 의논한다. 손자는 목소리를 높인다. 젊은이처럼, 패륜아처럼, 개처럼, 닭처럼, 기계처럼. 그는 돌고 있다. 영원히 발을 헛디디면서, 피를 지우면서.

진해

일본군들이 나무를 심는다. 나무들은 질서정연하게 늘어서서 꽃을 피웠다. 꽃이 내려올 때였다. 미군들이 엉터리 걸음으로 유곽을 찾는다. 목조 건물에서 반듯한 냄새가 난다. 사람들이 나무 곁에 서서 사진을 찍는다. 남자, 여자, 아이 둘. 일본군에게도 여자와 아들 혹은 딸, 미군에게도 여자와 아이가 셋 정도는 있었다. 전쟁을 대비한 도시에서는 전쟁이 일어나지 않는다. 군항제에 모인 사람들 중에 전쟁을 대비하는 이들은 없었다. 불감증이었다. 안전핀이 뽑힌 수류탄에는 벚꽃의 잎보다 많은 파편이 숨어 있다. 마치 지구가 안고 있는 인간들처럼. 원래 이곳에 이런 나무는 없었어. 지금은 나무가 이곳의 전부다. 일본군이 나무를 심고 미군이 사랑을 찾는다. 불감증이다. 사람들이 해군기지를 뒤로하고 꽃잎을 본다. 이곳에 원래 이런 사람은 없었으나, 남자와 여자와 아이 둘이서 전쟁을 대비하며 사진을 찍는다. 꽃잎이 여럿 즉사하는 거리에서 사람들이 무엇도 느끼지 않고 사진을 찍는다. 꽃잎이 죽어나가는 거리에서.

바울과 나

자주 가서 뽑기를 하던
문방구의 이름은 바울이었다.
어린 나는 바울이라는 이름이 좋아서 바울, 바울
중얼거리며 뽑기에 열중하고는 했다.
뽑기 너머에는 문방구 주인아줌마의 어린 아들이
침을 흘리며 서 있었다. 바울, 바울, 바울
개 짖는 소리를 내면서.
너는 왜 짖니 자꾸.
친절하던 아주머니가 소리를 지르며
내가 뽑은 건강한 뽑기를 채갔다.

나는 이상하게 입가에서 침이 나오고
눈알이 따로 놀고
개처럼
낑낑거리고 싶어졌다.

한번 뽑은 뽑기는 바꿀 수 없는 법이다.

주인아줌마의 아들은 바울, 바울
울었고 나는 짧은 잠에서 깨어 집에 돌아가
남은 50원짜리 동전을 엄마에게 내주며
건강하게 웃어줄 것이었다.

다시는 바울 문방구에 가지 않겠다고,
갓 자란 자지 털을 뽑으면서 결심했다.
멀리서 금발의 폴이 인사를 건넨다.

화정

진보 정당 후보로 나온 사내와 사내의 엄마가 거위와 비둘기처럼 머리를 조아리면서 명함을 나눠주고 있었다. 이곳의 유래를 우리는 모른다. 우리의 선거권은 이곳의 의원을 뽑도록 되어 있지만 나는 그의 기원을 모른다. 거리는 아치를 그리며 빌딩을 세워두었다. 빌딩의 그늘을 찾아 기어들어갔다. 도넛과 커피를 샀고, 로또 명당자리를 봐두었다. 그사이 무명 정치인은 소리 높여 울고, 그의 엄마가 아들을 달래고 있었다. 엄마가 보고 싶은 대낮은 드문 편인데, 나는 어쩐지 내가 세상에 기어 나오던 그날을 비둘기 뒷목처럼 주억주억 떠올리며 화정역의 출구를 바라보는 것이다. 수많은 드나듦 속에서 세계는 머리 작은 조류가 되어 익숙한 선거를 반복한다. 빌딩이 쓰러지고 입구가 막히자, 우리는 해산되었다.

경기 북부

    고향 친구는 내가 사는 아파트에서 북한이 보이는 줄로 안다. 아파트에서 보이는 건 또 다른 아파트뿐이다. 아파트 앞에 아파트 앞에 아파트에서 아파트를 생각하며 잔다. 아파트 뒤에 아파트 뒤에 아파트에서 아파트를 생각하며 잠 못 이룬다. 내가 아는 노인은 종일 텔레비전을 보며 북한 생각을 한다. 내가 하는 생각은 텔레비전뿐이다. 드라마 다음에는 예능 다음에는 뉴스 생각을 한다. 드라마 전에 예능 전에 뉴스에서 나는 아무 생각도 없다. 북한을 비스듬히 등지고 아파트는 줄을 섰다. 나는 빨갱이도 아니요, 청년도 아니다. 나는 입주민이다. 고향 친구도 입주민이요, 아는 노인도 입주민이다. 골프연습장의 조도와 소음은 매일 우리를 도발한다. 총 쏘는 소리 들리지만 누구도 귀를 막진 않았다. 골프장 민원은 해결되지 않았다. 도시는 슬픔에 빠졌다. 개그프로그램을 본다. 도시는 웃지 않는다. 도시는 눈부시고, 내일은 월요일이다.

귀향

올림픽이 있고 얼마 되지 않아서였다. 막내 외삼
촌이 서울 언덕바지에 족발 가게를 열었다. 친척들
이 개업식 때문에 도심의 언덕을 올랐다. 외삼촌의
아들은 말이 늦게 트였다. 아이의 침묵이 모두를 불
편하게 만들었다. 서울에 엊그제 올라온 우리는 가
게 건물 옥탑에 모여 앉아 밀린 살갗처럼 늘어선 집
들을 내려다보았다. 우리는 감탄사를 뱉었다. 아, 많
다. 오, 크다. 어머니가 말하길 사투리를 쓰는 자는
무식한 자라고 하였다. 무식에서 벗어난 자는 외삼
촌의 아들뿐이었다. 우리는 족발을 먹고 또 먹었다.
외삼촌은 줄 수 있는 게 족발뿐이라며 끼니마다 고
소한 족발을 내주었다. 우리는 처음에는 비계를 떼
어내고 살코기만 먹다가 나중에는 족발을 뼈째 들고
발라먹었다. 서울 사람들이 무식하다고 손가락질했
다. 족발같이 짜증난다고 했다. 족발같이 끈질기다
했다. 개업식에서 어른들은 모두 입을 다물었다. 외
삼촌의 아들은 말을 못했다. 불편한 침묵을 깨려 외
숙모가 아들의 등짝을 쳤다. 등짝을 치고 놀라 울었

다. 무식하게 울었다. 사투리를 들키면 장사에 좋을 게 없다 하였다. 돌아가는 차편에 외삼촌은 랩으로 꽁꽁 싼 족발을 건넸다. 그날부터 우리에게서 풍기기 시작한 불편한 냄새가 몇 번의 올림픽이 지나가도록 사라지지 않는다. 외삼촌은 고향에 내려와 다른 장사를 한다. 외삼촌의 아들은 이제 말도 하고 감탄도 잘하는 청년이 되었건만, 족발은 겁나게 싫어한다고 한다.

무안

본이 같은 남자를 만나 한참을 떠들다가 입을 다물었다. 본적이란 근본적으로 슬픈 것이다. 남자는 살이 쪘고 독한 술을 잘 삼키게 생겼다. 저런 남자를 잘 안다. 사투리를 숨기고 있지만 뱉지 못하는 억울함 같은 게 아랫배에 꾹꾹 담겨 있을 것이다. 무안에 언제 갔던가. 아무도 챙기지 않는 조부의 무덤이었다. 무슨 드라마 흉내라도 내려는가 소주를 들고 갔었는데, 이 무덤이 그 무덤인지 알 수 없었다. 헐겁게 드러난 소나무 뿌리에 소주를 비워버리고 무안을 떠났다. 왜 무덤에는 얼굴이 없는가. 왜 고향에는 눈 코 입이 없는가. 왜 우리는 없는가. 왜에 대해서 본이 같은 남자는 최선을 다해 떠들었다. 소주가 바닥에 후드득 떨어졌다. 우리는 고향과 나이를 따져들다가 소나무 뿌리 앞에서 멈춰 섰다. 아랫동네 윗동네에서 우리들의 할아버지는 우연히 만나 불량한 짓을 하다가 잠시 슬퍼했을지도 모르겠다만 그게 다 무엇이냐. 우리에게는 얼굴이 없고, 돌아가야 할 곳은 비석 같은 타향뿐이었다.

죄인의 사랑

범인은 벌을 받는다
죄인은 반성한다
반성을 위해서는 기억이 필요하고
똑똑히 기억할수록 성공적인 죄인이 된다
죄인은 질문하는 사람이다
무엇을 잘못했는가 무엇이 나인가 왜 나인가
이유에서부터 삶은 시작한다
지저분한 여행이 될 것이다

동유럽의 다 늙은 사내는 양과 사랑에 빠졌다
그는 그저 양 치는 목동이었는데
양을 겁탈한 순간을 털어놓을 곳이 없다
죄인은 스스로에게 말을 걸어야 한다
양과 무엇을 했는가 무엇이 사랑인가 왜 양인가
양이 운다 사랑을 나눴던 목소리가 아니다
죄인은 여행을 떠난다 다른 종의 살 속으로
죄인은 반성한다. 하필 두 발로 선 짐승으로 태어난
결정적 이유를 모르겠다는 치명적 결함을

죄인은 받을 벌이 없다
양이 허술하게 뒷모습을 보인다
범인은 벌을 받지만 죄인은 여행을 떠난다
양의 주인인 아버지가 저벅저벅 걸어온다
무슨 벌을 받겠느냐, 세상에서 가장
멍청한 물음

너는 아직도 나에게
말을 걸지 않는다
수만 마리의 양이 철철 피를 흘리며
나의 반성 속으로 모가지를 드리운다

역마의 기원

김 형 중
(문학평론가)

1

뇌리에 전혀 없던 기억이 문득 선명해지는 일이 있다. 중요하게 여기지 않았으므로 전의식의 영역 어디쯤에 묻어두고 말았던 기억이, 일순 의식의 수면 위로 부상한다. 중요해지고 충만해져서는, 마치 수많은 에피소드들이 재집결하는 누빔점이라도 되는 것처럼, 그 기억을 통해 한 생의 연대기가 재배치되는 일도 있다. 벤야민 식으로 말해(마치 해방되어야 할 기억이 과거에 있음을 지시라도 하는 것처럼, 역사의 천사는 머리를 뒤로 돌리고 서 있다), 기억은 그렇게 해방된다. 세번째 시집을 다 읽고 나서 고백하건대, 서효인의 첫 시집 『소년 파르티잔 행동 지침』(민

음사, 2010)에도 내가 읽었으나 기억하지 못한 시 한 편이 있었다. 「해로운 자세」라는 제목이었다. 내 머리를 과거로 돌려 우선 그 시를 해방시킨다.

> 나는 섬과 섬 사이를 오다니는 바람의 먹을 잡아
> 웅크린 속에 가두어 놓고 책상다리에 무릎을 붙여
> 역마살이 도질까 시간을 뭉개고 앉는다
> 내 웅크린 자세의 원흉은
> 백지 위에서 매를 맞고 화를 내며 떠도는
> 외롬과 서룸의 활자들을 가까이 노려보기 위한 버릇,
> 역마의 버릇이다
>
> ──「해로운 자세」 부분

2

돌이켜보면, 대체로 '만국의 소년들이여 분열하라'로 요약되는 것이 두루 자연스럽고 편리했던 첫 시집 속에서, 「해로운 자세」는 좀 이질적이었던 듯하다. 일탈하는 파르티잔 소년도 등장하지 않고, 전 지구적 자본주의에 맞서려는 루저들에게 하달하는 행동 지침도 없는 시였다. 게다가 '항상적 전쟁 상태와 죽은 자들의 세계지도'로 요약되는 제2시집 계열의 작품에 속한다고 보기도 힘들

었는데, 그러기엔 그 내용이 너무 내면적이고 고백적이었다. 그랬으니 내 기억의 메커니즘(선택과 배제)이 시인의 '역마'를 따로 식별해내 의미화하기는 힘들었으리라.

그러던 차, 나는 시인과 약속한 대로 세번째 시집 『여수』의 발문을 써야 했고, 그래서 원고를 몇 차례 통독해야 했고, 뜻하지 않게 즐비한 한국의 여러 지명들과 「해로운 자세」를 나란히 놓고 다시 읽어야 했다. (무슨 계시라거나 현현이라고 하면 과장이겠지만) 그것은 서효인의 시세계를 재구성해야 하는 좀 놀라운 경험이었다. 시인은 "섬과 섬 사이를 오다니는 바람의 먹을 잡아/웅크린 속에 가두어 놓고 책상다리에 무릎을 붙여/역마살이 도질까 시간을 뭉개고 앉는다"라고 말했다. 섬과 섬 사이를 오다니는 바람의 버릇은 앞의 연들로 미루어보건대 조부와 부친에게서 내려온 부계 내력이다. 역마는 대체로 운명론의 지배를 받는바, '바람'은 자신에게도 도리 없이 부계 유전되었다고 시인은 믿는다. 그러나 시인은 그 바람에 굴복하지 않고 그 먹을 잡아 웅크린 속에 가둔 후, 책상다리를 하고 앉아 시간을 뭉갠다. 그러자 백지 위에서 활자들이 매 맞고 화내며 떠돈다. 외로움과 서러움은 따라서 시인 대신 백지 위를 떠도는 활자의 역마다. 역마의 시적 승화.

이런 생각이 들었다. '그랬구나. 너에게도 역마가 있었구나. 역마 때문에 파르티잔을 꿈꾸었고 지구 전역에서 세계대전을 치렀구나. 여수에서 강화까지, 한반도 곳곳에서 매 맞고 화내며 떠도는 외롭고 서러운 삶들을 백지 위로 불러들였구나. 역마가 도질까 두려워, 너는 정신과 몸에 두루 해로운 그 웅크린 자세로 책상다리에 무릎을 붙이고 시를 썼구나. 그러니까 첫 시집부터 세번째 시집까지, 너의 시들은 모두 시 속에서밖에는 실현되지 못하는 역마가 쓴 거였구나.'

3

기억 속에서 「해로운 자세」를 되찾았으니, 나는 이제 그 역마의 기원을 알 것도 같다. 역마는 '역(驛)의 말[馬]'이고 말의 본질은 떠나는 일이다. 서효인이 유소년기를 보낸 송정리는 역의 도시였고, 거기 살던 모든 소년소녀들(그들 중에는 쌍둥이 소설가인 은진과 희진이 있고, 시인 김경주도 있고, 오래전에는 박용철도 있었다)은 다 말 같았고, 그래서 다들 떠나고 싶어 했고, 나도 그 말들 중 하나였다. 송정리, 그곳은 이런 곳이었다.

길고양이 밥을 주는 쌍둥이 여자가 사는 곳. 다정한 곳. 다정한 유곽이 있었다가 밀려난 곳. 내가 교회에 다녔던 곳. 장로회였던 곳. 떠든다고 손바닥을 맞았던 곳. 벽에 침을 뱉

122

었던 곳. 침이 묻은 벽에 찢어진 선거벽보가 있었고, 더 많은 침들이 모이고 다시 흩어졌던 곳. 기차가 천천히 서고 천천히 출발하는 곳. 다정한 곳. 정이 많던 할매가 교회 앞 버스 정류장까지 구부정하게 뛰어나와 도시락을 챙겨주던 곳. 권사까지 했던 할매가 할아버지 후두암 수발한 곳. 장로교에 다니지 않는 아들 내외가 망해 찾아왔던 곳. 절름발이 개가 웃던 곳. 쌍둥이 소설가가 사는 곳. 소설로 쓰기에는 별로 재미없는 이야기라 미안한 곳. 할아버지가 죽은 곳. 귀신처럼 비행기 뜨는 소리가 때때로 들려오던 곳. 아들 내외가 이혼한 곳. 술을 마신 내가 자주 토악질하던 벽이 있던 곳. 벽에 붙은 선거벽보가 다정하던 곳. 모여 침을 뱉던 사람들 산산이 흩어진 곳. 할머니조차 떠나버린 곳. 쓸쓸한 곳. 가기 싫은 곳. 지나쳐야 하는 곳. 지나치게 다정한 사람들만 성마르게 남은 곳. 기차가 서고 비행기가 뜨는 곳, 장로회 십자가가 높이 빛나는 곳. 권사까지 한 할매는 이른 새벽 홀로 제사상을 차리고, 나는 어쩐지 그곳이 예루살렘 같다고 느끼며, 쌍둥이 여자에게 아무런 죄책감 없이 말을 건네는 사람이 되고 싶은 것이다. 유일하게 그리운 곳은 절름발이 개였다고 이야기를 끝내면서.

―「송정리」 전문

시인 서효인이 송정리 출신이란 얘기는 그의 입을 통해 몇 번 들은 적이 있다. 그러나 이제 저 시를 읽자니 적지 않은 나이 차이에도 불구하고(고맙게도, 그는 나를 형이라 부른다) 그와 내가 공유하는 기억들이 많음을, 그래서 기원에 있어 우리가 같은 종임을 실감한다. 내 기억 속 송정리도 꼭 저와 같다.

4

　길고양이에게 밥을 주는 쌍둥이 소설가 은진과 희진은 나도 안다(그들은 여전히 송정리에 살면서 소설을 쓴다. 이 글을 쓰고 있자니 문득 보고 싶다). 1003번지라 불렀던 유곽 골목은 내가 송정리를 떠날 때까지도 있었고(그 골목의 분냄새는 항상 다정했다), 큰 교회 둘(중앙교회와 제일교회)이 송정리의 어린양들을 양분했다. 두 교회 모두 장로회 소속이었던 걸로 기억하는데 나는 중앙교회 신도였다(신앙심이 깊었다고는 말 못 한다). 외조부가 그 교회 장로였고 외조모는 권사였으나 아버지와 결혼한 후 어머니는 교회에 다니질 않았다. 대신 제사를 잘 모시는 며느리가 되었다(항상 투덜거리면서). 그곳의 학교 선생들은 뭐랄까, 좀 난폭했다. 그들의 집은 대체로 광주시에 있었으므로 소읍에서 가르치는 걸 탐탁지 않아 했고, 그래서 소년소녀들이 조금만 떠들어도 참질 못했다. 스승에게 맞아 코피를 흘리는 국민학생 제자들도 있었고, 맞으면서

도 자신이 맞는 이유를 모르는 제자들도 있었다.

그곳의 시간은 전근대와 근대 중간 어디쯤에서 갈팡질 팡하고 있는 참이라, 선거는 대체로 거칠게 치러졌다. 준법과 무법 사이, 선거벽보가 자주 훼손되었다. 벽에는 선거벽보만 붙어 있는 게 아니었다. 삼류 동시상영관 영화 벽보도 붙어 있었고(믿을 수 없을 정도로 빨갛고 동그랗던 정윤희의 입술!), 그런 벽보 밑에는 어김없이 불온하고 외설적인 낙서와 함께 종류를 모르는 액체가 말라붙은 자국이 남아 있었다. 이상하게 항상 울분에 차 있던 젊은 사내들(그들은 떼 지어 다녔다)이 그 밑에서 토했고, 흘렸고, 싸질렀다. 그리고……, 그래, 비행기와 기차가 있었다. 미군 부대에서 떠오른 팬텀기는 이름 그대로 귀신처럼 흉한 굉음을 내며 순식간에 구름 속으로 사라졌고, 멀지 않은 역에서는 천천히 떠나고 천천히 들어오는 기차가 역의 말처럼 자꾸 소년소녀들을 부추겼다. 타라고, 떠나라고, 떠날 수 있다고……

서효인이 웅크린 자세 속에 잡아 가둔 역마의 기원이 바로 거기, 내 소년기와 13년의 시차를 둔 송정리였을 거라고 나는 비교적 확신한다. 반(牛)근대 소읍 도시 송정리는 거기 사는 소년소녀들에게 역마의 성향을 남겼다. 내 세대의 송정리 출신자에게 그것은 이촌향도형 가족 로망스 같은 것이었는데, 저 시를 읽자니 서효인의 세대에게도 사정은 마찬가지였던 듯싶다. 송정리는 항상 느리게 변했고, 기억에는 항상 향수의 기운이 드리우게 마련이어서(향수는 항상 보수적이다), 광주광역시 광산구에 편입된 후에도 사람들은 여전히 그곳을 송정리라고 부른다. 떠나온 사람들은 더더욱, 그 촌구석에서 떠나오기를 잘했다는 듯이 그렇게 부른다. 그리고 그런 의미에서라면 서효인의 송정리가 나의 송정리다.

그러나 전근대 소읍 도시란 또 얼마나 다정한가. 할머니, 할아버지와 영롱한 꽃상여와 한여름 낮의 철길에 피어오르던 아지랑이. 유곽의 분냄새와 저녁의 낮은 노을과 처마에 매달리곤 하던 한겨울의 고드름. 멀어져가기는 하지만 영영 날아가버리지는 않던 겨울바람 속의 가오리연 같은 것들…… 바로 그 다정함 때문에 그곳의 소년소녀들 중에는 (은진과 희진처럼) 끝내 기차를 타지 않고 남은 이들도 적지 않았고, 또 기차를 타고 탈향한 많은 이들도 예루살렘에 돌아가지 못해 향수병에 걸린 유대인들처럼 오래오래 그곳을 그리워하게 된다. 시인의 말마따나 그곳은 "쓸쓸한 곳. 가기 싫은 곳", 그러나 "지나쳐야 하는 곳. 지나치게 다정한 사람들만 성마르게 남은" 그런 곳이다. 김승옥에게 순천이 그랬고, 이청준에게 장흥이 그랬듯, 송정리는 서효인에게 정주하지도 탈주하지도 못하는 양가성의 습관을 남겼을 것이다.

세번째 시집 『여수』의 많은 시편들을 나는 그렇게 읽었다. 송정리에서 얻은 역마의 멱을 잡아 웅크린 속에 가

두고, 책상다리로 앉아 시간을 뭉개며 떠나지 못할 영원한 여행을 활자로 대신할 때, 서효인의 시들이 탄생한다. 송정리는 그에게 역마의 습속을 일종의 획득형질로 남겼지만, 훗날 그가 시인이 되었을 때, 그 습속은 값진 선물이 되었으리라.

5

송정리 출신 탈향자 서효인의 시집 『여수』를, 이제 나는 '정주의 안정감을 상실한 탈향자가 가정집 없는 마음으로 답사한 한반도의 심상지리지'라고 요약한다('가정집'이란 말은 서효인의 시 제목에서 빌려왔고 그 첫 구절은 이렇다. "그런 게 있습니까/겨울에 따뜻하고 여름에 시원한 집"). 그런데 '심상지리지'는 여행 안내서나 답사 보고서와는 사뭇 달라서, 쓰는 자의 사적인 '기억 정보'와 '감각'과 '정념'이 공간을 필연적으로 주관화하기 마련이다. 그것을 쓰는 자가 스쳐간 지역들은 주체에게서 독립된 객관적 '공간'이기를 멈추고, 주체의 기억 정보와 감각과 정념에 의해 재의미화된 유일무이한 '장소'가 된다. 『여수』에서도 그런 일이 일어난다.

먼저 시적 화자가 경험적으로 기억하는 사건들의 정보는 대체로 성장과 가족사(「송정리」「금남로」「나주」「이

모를 찾아서」「평택」 등), 조문(「목포」「진도」「지축역」 등), 짧은 여행(「서귀포」「강화」「인천」 등), 출퇴근과 일상(「자유로」「경기 북부」「파주」「서울」「마포」 등)의 범위를 넘지 않는다. 내가 아는 한 서효인은 시인들 중 가장 훌륭한 아버지(이제 많은 사람들이 아버지 서효인의 사연을 안다)이므로, 그 이유도 짐작이 간다. 그는 생활인으로서의 삶을 포기할 수 없고, 또 포기하지도 않는다. 그래서 그의 심상지리지는 그 규모에 있어 책임감 있는 한국의 평균 직장인이 넘볼 수 없는 높이로는 결코 비약하지 않는다. 『여수』에 실린 시들이 수많은 지명으로 이루어졌음에도 불구하고 원심력보다는 구심력을 발하는 것처럼 읽히는 이유도 여기에 있다. 소년 파르티잔들이 그랬고, 죽은 자들의 세계사가 그랬듯이 그의 이번 시집 역시 애초부터 중력 바깥의 자유 같은 건 꿈도 꾸지 않는다. 그것은 서효인 시의 오래된 미덕이다.

감각 중에서는 후각이 우세하다. 이 시집에서 '냄새'라는 단어가 얼마나 자주 등장하는지 찾아보는 일은 아주 흥미롭다. 서효인은 마치 기억을 콧속에 담아두기라도 한 것처럼 각각의 장소를 냄새로 기억한다. 가령 「여수」는 "바다가 풍기는 살냄새"로 기억되고, 「곡성」은 홍어와 늙은이들의 침과 아이들의 오줌 같은 "인간적 냄새"로 기억된다. 유사하게 「남해」는 "양념 없는 게찜 냄새"를 풍기고, 「진도」에는 "시간이 만든 악한 체취"가 진동한다.

물론 후각은 집 잃은 짐승들의 감각, 그러니까 역마의 감각이다. 방랑의 기질을 가졌으되 온기나 허기에 주린 우울하고 절망적인 짐승들이 주로 냄새에 예민하다. 외롭고 서러워서다. 외롭고 서러운 것들만 눈에 밟혀서다. 그럴 때 후각은 가장 친화력이 강한 감각이 된다. 타자의 곁으로 다가서지 않는 한 외롭고 서러운 것들의 냄새는 맡을 수 없기 때문이다.

그래서일까? 이번 시집에서 가장 도드라지는 정념은 우울이다. "죽기 직전의 상태로 오래 살 것 같다는 예감", "결과는 중력처럼 정해져 있는 것"(「강화」)이라는 체념, "죽음의 이유를 완전히 상실"한 채로 "생선처럼 무너진 자세"(「인천」)를 취하는 인물, "어떤 믿음에 이끌려 / 평생을 배반당해 살다가 / 떠남"(「안성」)이라는 묘비명, "방이 관처럼 생겨서 맘에 드는군요" 혹은 "희망은 장수의 비결이지요"(「덕담을 찾아서」) 같은 반어적 덕담들이 시행 곳곳에서 불쑥불쑥 등장한다. 첫 시집에서부터 세계의 상태가 호전될 것이라는 기대 같은 건 접었던 서효인이긴 하지만, 우울의 기운은 이번 시집에서 가장 강하다. 우울 속에서도 발칙함을 잃지 않았던 소년 파르티잔들의 일탈도 없고, 전 지구적 죽음의 연대 같은 비장함도 없다. 나로서는 그의 시가 좋은 의미에서 나이 들어가고 있는 증거라고 생각한다. 세계의 상태를 바로 본 정직하고 현명한 자들은 두루 우울했다. 진정한 희망은 그런 의미에서 장수의 비결이라기보다는 우울의 자식에 가깝다.

6

그러나 이번 시집의 가장 인상적인 특징은 다른 데서 발견된다. 주변부 소읍 도시에서 유소년기를 보내며 전근대와 근대 사이의 시차를 겪어본 바 있는 시인답게, 서효인은 '새로운 역사의식' 혹은 '역사의 공간화'라 불릴 만한 독특한 시작법을 성공적으로 고안해낸 듯하다.

나는 앉는 일에 대해 오래 생각했다. 그는 대통령의 목을 따버리기 위해 빠른 속도로 능선을 타고 넘었다.〔……〕누군가 어젯밤의 뒤숭숭한 결과를 빈자리에 토해놓았다. 누군가 그를 목격했지만, 그는 겨울 짐승처럼 보였다. 나는 비칠거리는 몸뚱이를 손잡이 하나에 기댄 채, 토사물을 오래 노려보아야 했다.〔……〕그는 주파수를 맞춰 동료들의 죽음을 확인한다. 오른편에는 얼어버린 한강이, 왼편에는 지저분한 도로가 누워 있다. 나는 부러웠다. 왼쪽 가슴팍엔 붉은 심장이, 오른손에는 날카로운 단도가 날을 세웠다. 그는 무서웠다. 결과는 중력처럼 정해져 있는 것이다. 서울로 진입하는 모든 도로가 정체라고 라디오는 전한다. 야전 지도는 서울의 서쪽 어딘가로 그를 이끈다. 우린 늦었고 그는 목

사가 되었다. 자유로는 광명과 자유를 주고, 자유로는 출근
과 퇴근을 주며……

—「자유로」부분

　　조국에서는 아무런 연락이 없다. 작전의 일부일 것이다.
그들은 나를 버린 것이다. 청어 떼 옆에 모로 누워본다. 나
는 얼어 죽는 게 아니다. 다만 졸릴 뿐이다. 공기 중에 떠 있
는 몇 개 모국어가 언 귀 곁으로 상륙한다. 연합군인가. 나
는 너희를 죽이러 왔어. 하지만 임무는 폐기되었지. 장군은
어딜 보고 있는가. 망원경의 방향을 좇는다. 황해는 쓰레기
가 모이는 더러운 호수 같다. 광둥어와 일본어, 한국어는 사
실 구분이 되질 않는다. 모두 시끄럽다. 조국이 나를 버리기
전에 내가 조국을 폐기한다. 냉동 창고의 한기가 미제 반동
처럼 악랄하고 공산당처럼 시끄럽게 살갗을 파고든다. 생
선 머리를 입에 문다. 죽은 자들에게서 무선이 온다. 조국이
보인다. 거기와 여기가 어딘지 모르겠다. 죽음의 이유를 완
전히 상실했고, 뭍의 생선처럼 무너진 자세가 된다. 편하구
나, 조국은.

—「인천」부분

　　"앉는 일에 대해 오래 생각"하고 있는 「자유로」의 시적
화자는 정황상 버스 손잡이에 매달려 있다. 빈자리가 있
으나 누군가 토해놓았으니 앉을 수가 없다. 자유로가 아

주 오래전 무장공비 김신조 일당의 침투로였음을 고려
하면 "대통령의 목을 따버리기 위해 빠른 속도로 능선을
타고 넘"은 그는 김신조다. 한 공간에서 두 시간대가 겹
친다. 출근길의 나와 공작 중인 김신조. 1968년 1월의 자
유로와 2011년 1월의 자유로. 물론 두 경우 모두 결과는
중력만큼이나 정확하게 정해져 있다. 나는 지각할 것이
고 그는 귀순하여 목사가 될 것이다. 한 공간에서 겹쳐지
는 두 시간대는 그런 식으로 사적 기억과 공적 역사를 중
첩시켜 공간을 시간적으로 입체화한다. 그러자 자유로는
새로운 의미를 획득한다. 유사 이래 자유라곤 없었던 자
유의 길이 자유로다.

  두번째 인용된 시 「인천」에서도 비슷한 일이 일어난
다. 현재 시간 속에서 무슨 일인지 스스로 버림받았다고
여기는 한 사내가 인천 부두의 청어 떼 옆에 모로 눕는다.
그때 그의 귓속으로 광둥어와 일본어와 영어와 북한 사
투리가 혼잡하게 들려온다. 상륙작전 시절 조국에서 버
림받아 죽음의 이유를 완전히 상실한 이국 병사들의 처
지와 현재 사내의 처지가 겹치면서 그는 "뭍의 생선처럼
무너진 자세"가 된다. 강력한 죽음충동이 그를 휘감는다.
역시 현재의 사적 시간대 위로 인천상륙작전의 공적 시
간대가 중첩되자 인천이라는 도시가 시간적으로 입체화
된다. 황해는 오래전부터 "쓰레기가 모이는 더러운 호수"
같았던 것이다.

군에서 휴가를 나와 자러 들어갔다가 최루탄과 화염병을 발견한 신촌의 모텔방(「신촌」)도, 성인용품 박물관 앞에서 들뜬 어린 연인들과 4·3때 죽은 서북청년단원의 아들이 공존하는 서귀포 관광단지(「서귀포」)도, 1970년대의 프로레슬링과 1980년대의 체육관 선거와 이즈음의 외국 뮤지션 공연이 동시에 펼쳐지는 체육관(「장충체육관」)도 모두 그런 공간이다. 그 공간들에서는 시간들이 병존한다. 과거와 현재가 겹쳐지고 사적 기억에 공적 역사가 중첩된다. 비동시적인 것들이 동시적으로 존재하는 특이한 장소들, 역사가 공간화된 장소들, 우리가 서효인의 세번째 시집 속에서 만나게 되는 장소들이 그런 곳이다.

7

첫 시집에서 서효인이 소년 파르티잔들의 일탈을 통해 보여주려 한 것은 21세기에 걸맞아 보이는(이런 표현이 가능하다면) '새로운 민중의식'이었다. 두번째 시집에서 그는 세계의 비참에 고통스럽게 동참하는 '국제적 양심'의 가능성을 타진한 바 있다. 이제 세번째 시집에서 그가 수행하려 했던 작업이 무엇인지도 알 것 같다. 그것은 '새로운 역사의식'에 입각한 시 쓰기다. 물론 새롭다는 말은 그의 역사가 전혀 선형적이지도 목적론적이지도 않다는 의미이다. 그의 역사는 공간화된 시간들의 역사다. 공적 기억이 사적 기억 속에 용해되면서 과거가 현재화되고 현재가 과거에 의해 재의미화되는 장소들의 역사다.

　글을 마치기 전에 그런 장소들의 목록을 그의 시집에서 읽는 일이 내겐 어딘가 기적 같은 데가 있다는 고백을 해야겠다. 그것은 마치 내가 고약한 얼룩을 남긴 적이 있던 소읍의 낡은 담벼락에, 나는 모르는 채로 13년 후 똑같은 얼룩을 남긴 소년을 우연히 만난 느낌, 그리고 그 소년이 같은 시차를 두고 내가 들었던 비행기 소리와 기차 고동 소리를 들으며 자라고, 같은 시차 속에서 비슷한 우울과 동경을 읽고 쓰다가, 어느 날 문득 하나의 시간대에서 해후하고 나서야 그 모든 사실을 알게 되었을 때의 느낌과 닮았다. 우리는 참 비슷한 악취를 마시고 비슷한 소리들에 취하고 비슷한 사람들에게서 영향받으며 지금의 우리가 되었구나. 그걸 우리는 모르고 살았구나······ 장소들 속에서 전혀 무관해 보이던 시간들이 서로 만날 때, 우리는 그런 기적 같은 일들을 경험하곤 한다. 나는 지금도 신기하다. 그의 세번째 시집에 이런 글을 쓰게 되기까지, 우리들이 거쳐오고 살아낸 시간들은 우리도 모르는 채로 얼마나 많은 장소들에서 마주치고 겹쳤던 것일까? 효인아. ▨